「**愛自己**」是必要的，
被關心的溫暖，卻不是自己能夠給自己的。

時尚愛情代言人
雪倫——著

要承認自己喜歡一個人、在乎一個人，其實很容易，
而關於放手去愛的時機，我們總是太過猶豫。

這一刻，寂寞走了。

你覺得我擁有了很多。
但，我想告訴你，沒有愛情的我，其實是最寂寞的。

已經不知道是這個月第幾次，我就這樣窩在沙發上看電視看到睡著。LV一點也不淑女地睡在我的大腿上，睡到四腳朝天。別人家的紅貴賓犬看起來嬌俏又有氣質，可是我們家的這隻，氣質完全被這豪邁的睡姿破壞，有夠粗魯。

電視正重播著新聞。看著螢幕顯示的時間，是晚上八點四十五分。我伸手揉著發痠的肩膀，六點多下班回到家，沒想到睡了一覺起來，竟然只過了兩個小時。我的世界不知道從什麼時候開始，時間就過得特別慢。

唉，獨處的時候，總是特別難熬。

正打算起身去冰箱找點食物時，手機傳來 What's App 的通知鈴聲。找了一陣子，才發現手機變成LV的小枕頭，牠躺得超開心，睡得好熟。從牠身體下拿出手機時，牠還一臉莫名其妙，像在埋怨我打擾到牠睡覺。我向牠說了聲對不起，牠才回到剛剛的姿勢繼續睡。到底誰才是主人？

滑開螢幕鎖，是凱茜傳來訊息。

凱茜問我，「在哪？」

「在家啊。」我回答。

「今天是 friday night，妳怎麼可以在家？爲什麼不出去？」

看著凱茜的訊息，我苦笑著，不知道該怎麼回答她。當好友們都在追求幸福時，我卻變得特別孤單。

小倫和仁丰交往得很順利，兩個人都是大忙人，一有時間碰面，我怎麼可能去當超閃亮電燈泡？所以我很善良地拒絕了今天晚上他們的電影邀約，讓昨天才向我抱怨已經忙了一個多星期都沒辦法和親親男友碰面的小倫，可以好好和男朋友享受兩人時光。

我超善良。

青青半年前就到法國去找陸震華了，每天都能在 Facebook 上面看到他們玩透每個鄉間小鎮的照片。青青的臉上出現了前所未有的光采，我知道青青臉上會發光，是因爲她擁有了愛。

我好羨慕。

而現在跟我用 What's App 互傳訊息的這位小姐，上個星期去美國陪她媽媽。自從母女破冰之後，感情好得不得了。從凱茜的嘴裡講出「我媽」兩個字，其實是很新奇的，她自己講得不習慣，我們也聽得彆扭。但我比誰都開心，她現在可以享受久違的親情。

所以，一個人的我，能去哪裡？

「工作很忙，所以不想出去。」我在文字後面加了個鬼臉，按下發送鍵。

是的，我只有一個人，從小就被莫名其妙排擠的我，在學校都是自己一個人，沒有所謂的朋友。直到上了國中，認識凱茜、青青和小倫，我才明白原來她們才叫做朋友，她們給我的，除了友情之外，還有親情。

小時候，我很自卑，因爲我跟別人不一樣。爸爸和校長是好朋友，學校師長都特別照顧我這個校長好朋友的女兒，上學放學有司機接送，中午有佣人送午餐，所以同學都叫我「公主」，不是很友善、聽起來很不舒服的那一種。但有誰知道，我這個他們認爲很幸福的公主，一年見不到爸媽十次。

即使是這樣，我還是很努力地想和大家變成朋友，所以我自告奮勇地和同學一起打躲避球。可是我沒有運動神經，球迎面飛來，我來不及閃躲，直接被砸到頭，流了鼻血。丟球砸到我的那個同學父母被叫到學校來，隔天，就再也沒有人要跟我講話了。

而且離我更遠。

凱茜繼續傳訊息過來，「妳最好趕快忙完，我過一陣子就回台灣了，我可不想聽到『不想出去』這四個字。」

我笑了笑，心裡期待凱茜快回來，因爲我眞的需要她的陪伴。

「知道了。」我回答。

凱茜最後說：「我媽又在叫我了，我先去看看她又要指使我做什麼，妳早點休息喔！晚安。」

和凱茜道了晚安之後，我的肚子也很不爭氣地叫了。打開冰箱，拿了我最愛的 LA MAISON DU CHOCOLAT。這巧克力雖然樣子很普通，但它味道一點都不平凡。因爲我喜歡吃巧克力，小時候，爸媽到國外出差就會買 LA MAISON DU CHOCOLAT 回來給我當禮物。

久了，大家出國都會帶 LA MAISON DU CHOCOLAT 回來給我，而我永遠吃不膩。我也想找一個這樣的人，看起不怎麼樣，實際上卻很不得了。小倫老是笑我怎麼有這麼不得了的想法，因爲很難。

對，因為很難，所以我還是單身。

交了四個男朋友，時間最短的兩個星期就分手了，維持最久的是一年。至於分手的理由，一次是因為年紀有差距，對方覺得沒辦法融入我的生活。一次是對方覺得自己配不上我，一次是跟我在一起壓力很大，一次是對方想要找個平凡的女人。

結論就是，原來我這種女人會讓人感到壓力大，不平凡到人家會自覺配不起我。

眞的覺得好笑。

有時候，我會對自己產生懷疑，但凱茜說是我運氣不好，遇到沒有抗壓性，自信低落的男人，那是他們的問題，不是我的問題。

眞的……不是我的問題嗎？我到現在偶爾還是會疑惑。

在我專注地想著這個問題時，手機鈴聲響了。我狠狠地嚇了好大一跳，LV也抬起頭，一臉就是怪我為什麼不轉震動的神情。我又對牠說了一次 sorry 之後，趕快接起電話，牠才滿意地緩緩低下頭睡覺。

為什麼我不能像我的狗這麼有個性？

無奈地嘆了口氣，還來不及說「喂」，電話那頭就傳來大哭的聲音，我把手機從我耳邊拿開，看一下來電顯示，是哥哥女友。我又開始頭痛了，這個來電顯示從來不需要改名稱，會改的是電話號碼。

我哥交過的女友人數，就好比天上的星星，怎麼數也數不清。而他只要每交一個女友，就一定要約我出去一起吃飯，讓我認識他女友，然後問我：這個怎麼樣？說眞的，每一個都美得跟名模一樣，是他自己喜新厭舊。

而這個是叫 Mandy 還是 Cindy，我永遠搞不清楚。

「嗨！發生什麼事了？還好嗎？」我心虛地問著。因爲我比誰都清楚，肯定又是我哥跟人家提分手了。這種事，有時候一個月甚至要發生個幾次。

每次問我哥這樣不累嗎，他就會用那種迷倒眾生，但我看到只覺得很想伸拳頭的笑容，說「女人是我見過最有趣的生物」。

你一定會有報應的，我總是這樣回他。

「我不知道我哪裡做錯了，采誠說要跟我分手。我那麼愛他，他爲什麼要這樣對我？」她哭得好慘，可是我眞的不知道要怎麼告訴她，我哥本來就是個壞胚子，不需要爲這種人傷心。

我也很想問之前拋棄我的男人們爲什麼要這樣對我，但無解，不是嗎？即使知道分手的理由，那也只是一個理由，能說服自己相信多少的理由。

對方哭了十分鐘，我還是不知道要說什麼。她可能是哭累了，或是哭太久，覺得對我不好意思，便說：「謝謝妳聽我抱怨，我不會放棄的，我會讓妳哥回到我身邊的。」接著掛掉了電話。

我覺得她瘋了，而我是神經病，爲什麼要這樣浪費自己的時間。

電話才掛斷不到兩分鐘，又響了。可是我一點都不想接，我的耳朵需要休息，我的心情也是。

手機響了兩通之後，換室內電話響了。我知道不接不行，因爲室內電話是家人才會打的，當初爲了搬出來自己獨立生活，和爸媽抗爭了好久，室內電話是媽媽趁我不在家時偷偷進來安裝的，她說這樣她比較安心。

哪裡比較安心了？

是比較好追蹤吧！連小孩都看得出她的意圖。記得剛搬出來那一陣子，她都故意不打我的手機，而是打家裡的電話，看我有沒有到處亂跑。我媽不去當ＦＢＩ幹員眞的很可惜，難怪我爸安分得跟什麼一樣。

「喂？」我接起電話。

對方很不客氣地說：「喂！顧采雅，妳的手機是又被冰在冰箱裡了嗎？需要時間解凍嗎？」

是我哥，正好我也想找他算帳。但我要先說，我只冰過手機一次，比較常被我冰的東西其實是遙控器。我人生最大的致命傷大概就是走神吧！我也不知道為什麼我會這樣，但我常常想一件事想到出神，就會忘了自己在幹麼。

到現在，我換了八支電視搖控器和四支手機了。

「你還好意思講，你女友又打電話來哭了。你分手的頻率可不可以不要那麼快，眞的很煩，下次不要再找我跟你女友出去吃飯！」我很生氣地說。

「哪一個？」他問。

我無奈地望天，我爲什麼會有這種哥哥？

「我也很想知道是哪一個。你換女朋友的速度拜託慢一點，一定要消耗得這麼快嗎？而且都要來找我哭訴是怎樣？是跟你分手又不是跟我分手，我爲什麼要聽你女友哭？氣死了。」我一肚子火，但每次對我哥發脾氣，就像幫大象抓癢一樣。

他沒感覺，只有我自己氣得要死。

「喔，媽叫妳明天回家吃飯。」他說。

就是這樣，我又幫大象抓了一次癢。我只能認輸，無奈地說：「媽他們回台灣了嗎？不是還要在上海待一陣子？」

「不知道，我要出門了，妳明天記得回家啊！」老哥一說完，我都還來不及再說到一個字，就被他掛電話了。

是有這麼急嗎？我忍不住對著電話抱怨。

姊妹們一致認為，愛上我哥是一種慢性自殺。凱茜說得一點也沒錯，誰不想活，就去跟我哥在一起。

其實，當他妹妹算是很幸福，除了應付他那些哭泣的女友之外，從小我的家長會、畢業典禮，都是這個大我五歲的哥哥出席的。那次躲避球事件發生之後，我被大家排擠，開始討厭家裡，開始埋怨父母，不明白為什麼自己不能擁有一個正常平凡的家庭。

於是我開始叛逆，不念書、不上課，做無言的抗議，就這樣過了三個月。哥哥沒有凶過我，只是用很平常的語氣對我說：「如果這就是妳的方式，那我只能說，妳報復的不是爸媽，而是妳自己。妳以為妳這樣得到了什麼？沒有，妳失去的只是可以學習、成長的機會。妳要因為自己家裡好過而抗議嗎？那麼那些沒有飯吃、沒有書念的人，他們要對誰抱怨？」

隔天，我恢復上課，覺得自己好蠢。那時候，我是有一點崇拜我哥的，但就僅止於那個時候。男人最忌花心風流，我哥卻把這個缺點當成優點。所以後來的日子裡，我對他的崇拜就慢慢消失了。

記得我第一次失戀時，我難過得哭了一整個月。老哥一點都沒有安慰我，連衛生紙也沒有幫我拿過，只是很冷淡地對我說「想要談戀愛就要先習慣失戀」，我懷疑他根本沒有失戀過，因爲他總是讓別人失戀。

難道我在幫我哥接受上帝的懲罰？如果是眞的，那我還要被懲罰多久？想到這裡，我開始起雞皮疙瘩，以我哥換女朋友的速度，我可能要單身一輩子。

單、身、一、輩、子。這個五個字，讓我失眠了一整夜。

隔天到公司，我的助理娃娃一看到我，就用她很高亢的聲音大吼，「經理，妳怎麼一個晚上老這麼多啊！」

是的，她用「老」這個字。不過我一點都不生氣，在公司五年多，一年總要換兩三個助理，不是嫌薪水少，就是嫌工作多。有時候，我還得分擔助理的工作，擔心他們太累，萬一工作做不完，覺得壓力大又辭職走人，這樣我更累。

還好老天爺給了我娃娃，她的人和她的名字反差很大，她叫楊娃娃，但和她名字給人的想像相反，她是個喜歡打籃球的女生，身高很高，將近一百七十五公分。因爲打球的關係，皮膚曬得黑黑的，聲音也很低沉，有許多客戶沒見過她，只和她通過電話，常會誤以爲我的助理是男生。

我喜歡她大剌剌的個性，和她相處，我覺得很舒服。

「我昨天失眠了。」我不需要對她隱瞞什麼。邊回答邊坐到位子上，把包包放在一旁，然後按下電腦電源，再抬起頭時，咦？娃娃已經不在我的視線裡面，去哪裡了？

嘆了口氣，一整個晚上沒睡，頭有點暈，連上網路，青青又在 Facbook 更新了他們去法國酒莊的照片。我多希望自己也能像她一樣，笑得這麼幸福。而小倫和仁丰則是在早餐店裡打了卡，什麼時候，也可以有一個人和我一起吃早餐？

閉上眼睛，靠在椅背上休息，我在想，是不是該請個假回家補眠。再這樣下去，我還沒找到男朋友，可能就先陣亡了。

一陣咖啡香傳進我的鼻間。我張開眼睛，看到娃娃正端著一杯咖啡，手裡又拿了瓶蠻牛走進來，緩緩地把咖啡放到我面前。

「義式濃縮咖啡。蠻牛我幫妳放在冰箱，撐不住就喝。如果再撐不住，就回家休息，我幫妳開車。」娃娃爽朗地說著。

她這麼貼心，又這麼了解我的需求，害我忍不住對她說：「娃娃，妳如果是男的就好了。」

「唉，經理，妳這樣我家阿風會傷心。我如果沒有跟他在一起，他就交不到女朋友了。」阿風是娃娃從大學交往到現在的男友，兩人在一起四年多了。聽娃娃這樣講，好像阿風有多糟一樣，事實上阿風帥透了。第一次看到他，我以爲我看到了金城武。

阿風對娃娃很好，要不是我親眼目睹他對娃娃無微不至的照顧，眞的很難想像他們會是這樣的一對戀人。

今年，他們就要結婚了。

「好，我只是講講，妳知道的，我講講過過癮。」我當然知道阿風有多愛她，更何況，娃娃也不可能眞的變成男生。

「經理，我眞的覺得很怪，妳這種極品，竟然是單身。還是其實妳喜歡女人？如果妳眞的喜歡女人，拜託不要打我主意，我只是看起來是男兒身，但我眞的是女的，貨眞價實喜歡男人的女人。」娃娃的臉上出現了不信任三個字。

我在心裡大叫，我眞的愛男人好嗎？

只能一臉委屈地回答，「我喜歡男人。」

「眞的嗎？」娃娃居然這樣質疑我。

我點頭點到頭都要斷了。

「好，那妳等我一下。」娃娃一講完，就走出我的辦公室。我看到她在和小金、小舞講話，不到三分鐘，她拿了一張紙進來。

「經理，我來公司一年多了，妳一直都單身。證明妳眞的喜歡男人給我看，讓我們家阿風安心一點。」接著把紙遞到我面前。

上面標題寫著「統元科技聯誼登記表」，我眞的快要被她打敗。

「妳是要我去聯誼？」我這輩子從來沒有聯誼過。念書的時候，大家總覺得我不缺男朋友，或認定我早就有男朋友，所以從不主動問我要不要參加。再加上我本來就不太習慣那種場合，久而久之就再也沒想過參與這種活動了。

娃娃點了點頭，「經理，妳怎麼可以單身那麼久？雖然妳看起來好像過得很好，但我覺得妳有一點陰陽失調，女人還是要有愛才會變漂亮啊。現在大家都說愛自己、愛自己，愛自己是很重要啦！但是愛自己跟被別人愛，感覺還是不一樣啦！」

娃娃一句話就打到我的痛處。我很愛我自己，但哪個女人不希望被愛？我支支吾吾講不出拒絕的理由。

娃娃又拿了枝筆給我，「經理，幸福是要靠自己爭取的！想當年，我也是去參加聯誼才會認識我們家阿風的啊。我們兩個是一見鍾情耶，妳也趕快去跟別人一見鍾情一下啊！」

「不好啦，我覺得去聯誼很奇怪。」我的身分是主管，跟同事一起去聯誼，大家應該很不自在吧！

娃娃站到我旁邊，低著頭看著我說：「經理，妳該不會是覺得去聯誼很丟臉吧！」

「我沒有那個意思啦！只是如果我去了，大家很難玩開吧！畢竟我是主管，其他同事會有壓力的。」我解釋著。

「經理，妳管別人怎樣，主管就不能去聯誼喔？主管就不能談戀愛，主管就不能有認識男人的權利嗎？」娃娃比我還氣憤。

「如果妳不去聯誼，我就介紹我們球隊的給妳認識，妳會介意姊弟戀嗎？他們年紀是小一點啦！但是人都很好。」娃娃一講，我馬上拒絕。

「我、最、討、厭、姊、弟、戀、了！」我不知道是怎麼回事，喜歡我的男生，年紀都比我小。

想到我那四個無緣的前男友，每個年紀都比我小，一開始都很熱情、什麼都很好，時間一久，就覺得跟我在一起壓力大。我絕對不要再跟弟弟談戀愛，這是我往後找男友的標準。

娃娃大笑，「幹麼每個字都加強重音。拜託！妳也不想想，妳都三十一歲了，年紀比你大的男人，有一半都結婚了。剩下的那一半，不是離過婚，就是宅到深處無怨尤的宅男。妳又不要年紀小的，除了聯誼，妳還能去哪裡找男友啦！」

娃娃繼續恐嚇我，「再這樣下去，妳真的會單身一輩子。不要說結婚，連戀愛都沒得談。」

不！我不要！聽完娃娃的話，我馬上二話不說，就在聯誼名單上填好名字。才剛寫完「雅」字，娃娃就迫不及待地把名單拿出去，交給小金和小舞，好像很怕我會後悔一樣。

事實上，我覺得自己確實挺衝動的。

不知道自己做的決定對不對，馬上拿起手機，在我們姊妹淘四個人的 What's App 群組對話裡宣布這件事。

群組對話視窗開始熱鬧了起來。

小倫首先發難，「妳確定？」

凱茜接著送出訊息，「本來想早點去睡，現在我完全睡不著，妳是瘋了嗎？」

青青則說：「太好了，快去聯誼。」

接下來，我根本沒有時間回話，因爲這三個人吵翻了。小倫抱持著去也好不去也好的想法，她只擔心我不會看人。凱茜是主張不要浪費時間，青青則是贊成得不得了。畢竟我從事的是精品業，在職場上混了這麼多年，碰到的男人十個當中有八個是 gay，眞的能夠認識異性的機會不多。

我一句話都不想回，關掉程式，決定先把這件事拋到腦後。反正到明天還有時間，到時候再說。

由於一整個晚上都沒有好好睡，所以我請了半天假回家補眠。睡得正舒服的時候，室內電話響了，再怎麼百般無奈，我也只好接起來。

我的語氣盡是睡意，「喂？」

「妳還好意思喂？妳現在是在睡覺嗎？昨天我是怎麼跟妳說的？媽叫妳要回家吃飯，妳現在全都忘光了嗎？手機又調震動了嗎？我最討厭不接電話的人，妳不接電話就不要用手機。」我哥好像潑婦罵街一樣，完全沒有停頓。

拿起床頭邊的手機，是關機的狀態，「應該是沒電了。」我說。

「妳快回來！媽一直罵我，怪我沒交代清楚。妳快點回來解釋一下，給妳十分鐘。」老哥撂狠話後就掛掉電話。

誰理你啊？我整理一下，再開車回去，少說也要半個小時。他以為我有哆啦A夢的任意門嗎？我沒有！我只能集便利商店的點數，換哆啦A夢轉彎風扇。

下了床，伸了個懶腰，準備換衣服回家。想到上一次看到爸媽是四個月前，他們從日本回台灣，不到三天又去上海找朋友，一去就是四個多月。以前年紀小，老是見不到爸媽，那時他們說是因為工作忙。現在見不到爸媽，他們說是因為我們長大了，他們要開始過自己的生活。

自己的生活？我似乎都是這麼過著的。偶爾老哥會來公司找我吃飯，此外就是和姊妹們出去，生活重心就是這樣繞著這些人轉。姊妹們不能經常陪在我身邊的這一陣子，我被孤單拉扯，有點重心不穩。

我當然為她們的幸福感到開心，另一方面卻為自己的寂寞感到悲哀，心裡的那座蹺蹺板不停地晃蕩，每天都要很努力地讓它維持平衡。

這樣心裡才會好過。

❄

開著我的小車回到家。在門外停好車之後，剛按下汽車搖控器的鎖，回過頭，一個女生披頭散髮，站在離我不到十公分的地方。我和她臉對臉，差點尖叫出來。鬼門開的時間不是還沒到嗎？

「小雅……」那女生顫抖的聲音，聽起來像是在哭。

仔細一看，正是我哥的上一任舊愛，怎麼會站在我家門口，還這麼可憐的模樣？

「妳還好嗎？」我往後退了一步，因爲她的怨念眞的太深了，我都忍不住起雞皮疙瘩。

她好像發瘋了一樣搖搖頭，「不好，我很不好！妳哥不願意見我。就算分手，也要講清楚啊，就這樣傳了一通簡訊說要分手，不是太過分了嗎？他是不是又交了新女朋友？他是不是劈腿？」

我哥喔，從來不劈腿，因爲他懶惰。這個沒興趣了，就換下一個。他說過，男人何苦，不必把自己當蠟燭兩頭燒。

眼前這個漂亮女生哭到不曉得自己假睫毛都掉在臉上了，眼線也暈得整個都是。有這麼愛我哥嗎？那種男人到底有什麼好？

「其實我哥不是什麼好人，妳能跟她分手，真的是妳上輩子修來的福氣，他個性本來就怪，一下子好，一下子不好，妳真的可以找到比他更好的男人。」我說這番話真的很有誠意。

只要專情一點，都算是比他好千萬倍了。

誰知道那女生居然開始吼我，「妳怎麼會這樣說自己的哥哥？他對我來說就是最好的，我只要他，其他人我都不要。」

套一句凱茜最常說的，瘋子。

「嗯，那妳加油吧！」我拍了拍她的肩膀，然後準備走進屋子，我無法再跟這種人多相處一秒的時間。

才一轉身，她馬上就拉住我，「小雅，可以帶我進去嗎？還是請妳哥出來？我真的還有很多話想跟他說，可是他都不接我手機。我不相信他一點都不顧念我們在一起兩個多月的感情，他和我分手，一定有他的苦衷。」

我在心裡苦笑了千萬遍，顧采誠這個人什麼都有，就是不會有苦衷，他對他自己好透了，哪會讓自己受委屈。我當他三十年的妹妹也不是當假的，這點我很有把握。

如果爸媽今天不在，我一定二話不說，把這個活在自己世界的痴情女性帶進去，讓她整死我哥。但爸媽在，如果帶她進去，我哥大概會想盡辦法報復我。我只好打電話給他，告訴他停車位太小了，我的小車好像不小心擦到他的名牌愛車。

他完全沒有回應，光速地掛掉我的電話，然後像飛一樣衝了出來，一開口就飆粗話，「&%#$@!顧采雅!妳不會停車就不要開車，妳知道那台車有多貴嗎?」

「我知道。」誰不知道那台車有多貴，莫名其妙，浪費錢。

老哥才發火到一半，站在我後面那位他的前女友開口了，很溫柔地喊了一聲，「采誠……」跟剛剛對我發火差了一百八十萬里，女人都是戲精。

老哥一臉恍然大悟的神情，用噴出火的眼睛看著我，我只能對他無奈地聳聳肩，誰叫他要四處留情債?活該!

接下來的戲碼我根本懶得看，趕緊進屋去，後面傳來我哥的聲音，「Candy，妳怎麼來了?」

啊，我又猜錯了，我以爲她叫 Mandy 或是 Cindy。

惋惜地走進屋子裡，連室內拖鞋都還沒穿好，老媽馬上把我抱了個滿懷，「我漂亮的小雅雅公主，媽咪好想妳。」接著又在我的臉頰上親了兩下。

我眞的很後悔當年的叛逆。蹺課三個月的舉動，讓父母開始重視我，然後他們的愛，就像江水滔滔一樣湧了進來，幾乎快把我淹死。老媽一直以為照著哥哥這樣養大我就好，哥哥從小就對他們一年到頭不在家這件事很習慣，而且也適應得很好，他們以為我也會跟哥哥一樣習慣。

沒想到，我居然不一樣，還因此叛逆到不去上課。在那之後，只要能陪我，他們就幾乎是時時刻刻黏在我身邊。要是他們出國，也一定會每天打電話。老媽會不停地對我說些甜言蜜語，老爸會不停地買禮物，一直到高中，我眞的受不了，他們才收斂一點。

太多的愛，也是一種窒息，就像剛剛門口那位女士一樣。

「媽，我都三十歲了，拜託那句『小雅雅公主』可以改掉了。」我說。

老媽一臉委屈，「妳不喜歡媽了嗎？是不是當初我和爸爸忽略了妳，所以妳不愛爸媽了？那時候我們也沒有辦法啊！工作……」

「媽！我絕對沒有那個意思！」再講下去，就又要開始從我叛逆的時候講起，又要哭得一把眼淚一把鼻涕了。

老爸趕緊把老媽拉到他旁邊去，然後一直安慰老媽。不得不說，我爸爸眞的是世界上最有耐心的男人，因為我媽比客戶還要難搞千萬倍。他私下最常跟我們說老媽是上帝派來訓練他的，連老媽都可以搞定，沒有什麼客戶搞不定的。

老爸大老媽十歲，我媽二十歲就生了我哥，二十五歲生下我。老爸一直很疼愛老媽，所以爸爸一直是我找男友的標準。奇妙的是，我怎麼找，男朋友年紀都比我小，他們都告訴我，雖然年紀比我小，但會好好照顧我。結果呢？好聽的話，用途果然只是好聽。

「媽，我肚子餓了。」我趕緊轉移她的注意力，不然不知道這齣戲還要演多久。而事實上我是眞的餓了，今天好像除了娃娃幫我泡的那杯咖啡之外，我什麼都沒有吃。

老媽果然很好騙，馬上拉著我到餐桌，「肚子很餓吧！今天的菜都是我做的喔！你們很久沒有吃到媽媽煮的菜了，我今天可是一大早就到市場買菜，全部都是我自己來，沒有讓佣人幫忙喔！」

我笑了笑，老媽最大的優點，也的確是燒得一手好菜。好久沒聞到的飯菜香，眞是好想念的味道。

老媽幫我添了碗飯，老爸馬上夾了一堆菜到我盤子裡。我們開始聊著，老爸問起我的工作狀況。當初大學一畢業，老爸就告訴我，我可以不需要到公司幫忙，讓我想做什麼就做什麼。

老哥則是高中開始，每年寒暑假就得到公司實習。看他工作的樣子吊兒郎當的，沒想到從基層做起，現在也升上了副總。雖然是當了副總，也是一副吊兒郎當樣。我哥從來不準時上班，三不五時就是去玩。不過老爸一向很民主，對他的要求就是不要讓公司賠錢，把事情做好就可以，其他的，老爸不強求。

就是被寵壞的玩袴子弟。

「你們居然沒有等我就開始吃！」玩袴子弟好像把感情債處理好了，一臉很爽快的表情走了進來。

他趁著爸媽沒注意的時候瞪了我一下。但我懶得理他，繼續啃著老媽做的滷雞腳，覺得好幸福，實在是太好吃了。

「快快，兒子，媽燉了蔘茸雞肉湯，專門要給你喝的。這個補腎，男人喝這個對身體好，你知道的……嘻嘻！」老媽對著老哥擠眉弄眼，我眞的忍不住想翻白眼。

「媽，哥根本不需要補，他不補都不知道一年要傷幾個女人的心，妳再幫他補下去，對別人家的女兒情何以堪。」我說了實話。

「顧朵雅，我都還沒有找妳算帳，剛剛爲什麼騙我出去？」老哥居然惡人先告狀。

我氣得放下碗筷，直接向老爸投訴，「爸，你知道哥有多誇張嗎？他跟女朋友分手，那些女朋友都會打電話找我哭訴。我等著安慰他的每任女朋友就好啦！工作都不用做了。」

老爸笑著看看老哥，一臉驕傲。

我的天啊！這世界怎麼了？我發誓如果我遇到這種花花公子，我一定直接去吃素唸佛斷了紅塵。

「唉唷，小公主，哥哥是萬人迷不好嗎？我贊成男人要多交女朋友，這樣才能夠知道自己要的是什麼。想當初，妳爸也是千挑萬選才選中我的。」連老媽都這樣，好歹她也是個女人吧！

老哥一臉得意地喝著他的雞湯，我火氣都上來了。「爸、媽，如果我之後交了一個男朋友，像哥這樣，一年換二十四個女朋友，分手也只傳一通簡訊告知，你們會怎樣？」

老媽拍了一下桌子，生氣地說：「那我就砍了他的小雞雞！」

「那妳知道別人家父母的心情了吧！」我說。

老媽突然詞窮，老爸也趕緊低下頭，假裝沒事繼續吃飯。老哥則是一臉無所謂地看著我，「跟我這種人在一起是她們賺到，我在無形之中教會她們怎麼面對失戀耶，拜託，我也是在做善事。」

這是人話嗎？

「你眞的是很……」我才正要大罵，老媽就趕緊出來圓場，「好啦好啦！反正愛情本來就是這樣，一個願打一個願挨嘛！對了，有件事需要你們兩個幫忙。」

幫忙？講到這兩個字，我和老哥擔心地對看了一眼。老媽要大家幫的忙都很奇怪，上次叫老哥去幫忙育幼院的園遊會，老哥回來累了三天沒去公司。另外有一次叫我幫她去朋友家拿東西，結果她朋友家在花蓮，以爲是什麼珍貴的東西需要親自去拿，最後發現是麻糬。爲什麼不用寄的就好？

她見我們兩個沒有搭話，就又開始裝可憐，「老公，孩子大了，眞的就不要父母了。」

我和老哥異口同聲，「媽！」

「其實也不是什麼麻煩事，你們還記得之前住我們隔壁的馬伯伯嗎？他們後來搬到美國去住，偶爾回來，我們還會一起去吃飯，記得嗎？女兒啊，他兒子小的時候，妳還抱過他啊！」老媽開始說起往事。

我點了點頭，好像有點印象。

「馬伯伯和他兒子，不知道從什麼時候開始處不好，還好我們采雅只是三個月沒去上課，之後就救回來了，要是采雅一直都那樣，我該怎麼辦才好？想到……」老媽又牽拖到我身上。

我趕快打斷，「媽，重點！」

「上個月，他和馬伯伯大吵了一架就離家出走了，馬媽媽當然是心疼死啦！他打算回台灣，馬媽媽想讓他來住我們家，拜託我們好好照顧他。」

「照顧他沒什麼難的，但爲什麼一定要住到我們家，他應該也會覺得很不習慣吧！」我說。

「就妳馬媽媽擔心他啊！畢竟他很久沒有回台灣了，這裡也沒有什麼親戚。我們家房間多，一間給他住，人多有個照應嘛！更何況妳馬媽媽都開口了。她當然希望兒子有人照顧，馬媽媽開的條件就是要回台灣可以，但要住我們家才行。」老媽越說我越聽不懂。

「拜託，他是幾歲？是有多需要人照顧？」我忍不住說。

「好像小妳四歲吧！」老媽說。

拜託，小我四歲，現在也都快二十八歲了，是個男人了好嗎？已經不是小孩子了，這樣是不是有一點保護過度？啊，算了，反正是要暫住我們家，對住外面的我來說又沒有影響。

我和哥都點了點頭，接著老媽笑著說：「可是呢，明天我和爸爸要去蘇美島過我們三十五週年的結婚紀念日，所以你們要好好照顧他，我們這次只會去一個月而已。」

「一個月？妳要把他丟給我跟哥？」我以為老爸老媽會留在家裡，沒想到他們居然還要出國。那為什麼要隨便答應別人的請託？

結果老媽看著我，又開始一臉委屈，「好吧，那我們不去好了，反正結婚紀念日又沒有什麼好過的，都過了三十四年，今年不過也沒關係。」

「媽，我沒有那個意思，反正是住家裡，就讓他住吧！」我趕緊贊成，不然她眞的會哭。

老哥突然說：「可是，明天我手上的案子結束後要去日本找朋友，讓他自己在我們家也不太好吧。啊！采雅那裡不是還有空房，先讓他住妳那裡，等我回來，再接他回家裡住吧！」

「你瘋了嗎？你要我跟一個不熟的男人同居嗎？」這是什麼爛提議啊！

「又沒關係，就只是個弟弟啊！」老哥說。

弟弟又怎樣，我才不要我的房子出現別的陌生人，也太怪了。

老媽看到我們兩個起爭執，便說：「那你們猜拳好了，如果采誠輸了，就取消去日本的計畫，如果采雅輸了，就先在采雅那裡住一陣子。好朋友的兒子，我還信得過。」

什麼鬼信得過！真的要被老媽打敗了。

但我們也只能無奈地接受提議，剪刀石頭布，三戰兩勝制。前兩拳，我們一比一，接下來的第三拳才是重點。

剪刀、石頭、布。

我們都出了布！

剪刀、石頭、布。

我們都出了石頭！

剪刀、石頭、布。

我出了石頭，哥出了剪刀，然後我從椅子上跳起來，抱著老媽尖叫，「媽，我贏了！哈哈哈。」

老哥一臉失落，「妳不要得意得太早！」

我就是得意，猜拳贏老哥，大概是最近這一陣子最讓我開心的第一件事了。第二件事，就是LV不咬我的包包了，牠現在只咬室內拖鞋。

我心滿意足地多吃了一碗飯，陪老爸喝了幾杯酒，老媽又從冰箱拿了一堆我最愛的巧克力給我。這幾天原不太美麗的心情慢慢散出彩虹。只有老哥一臉不悅，沒說上幾句話，靜靜地坐在一旁。

看他臉越臭，我心情就更好，結果老爸喝茫了，我還清醒得不得了。老爸喝到喊停，我只好很落寞地就此打住。老爸老媽擔心我喝了不少，開車太危險，本來要老哥送我回去的，可是我一口拒絕，讓他送，不知道他又要怎麼整我了。和爸媽道了再見，祝他們三十五週年結婚紀念日快樂後，我馬上離開。

帶著一點酒氣，突然好想念跟好友一起喝酒的日子。凱茜和青青都不在台灣，我把車子停在一旁，拿起手機，想約小倫去喝兩杯。電話響了兩聲，就被接了起來。

「嗨！采雅。」是小倫的男友，周仁丰的聲音。

想約小倫出門的念頭馬上消失得一乾二淨，「嗨！小倫呢？」

「她在洗手間，妳知道的，她消化不太好，可能需要一些時間。妳要待會再撥，還是需要我犧牲一點，幫妳把手機送到洗手間？」仁丰甜蜜地抱怨著。

我忍不住笑了，「你想過手機的心情嗎？」

他在電話那頭也大笑起來，接著就聽到小倫很微細的抗議聲，「周仁丰，你少在那裡跟我姊妹說我壞話。」

他們兩個，真是標準的愛情冤家。

「沒什麼事啦，只是想跟她聊個天，不然我改天再找她好了。」我說。

仁丰很熱情地問我，「我們待會要去吃消夜，妳要不要一起來？這樣妳就可以跟她聊天了。」

「不了！我剛才吃了一堆東西，你們去就好，改天再聯絡囉！」我說。

哪怕是眼睛再好的人，也會被他們這對冤家散發的閃光閃瞎。單身的人最不能習慣的，就是跟情侶出去，我眼睛都不知道該放哪裡。

但是想喝酒的念頭還是一直持續著。我不像凱茜那樣，家裡隨時都有酒，所以想喝酒，還是只能先跑一趟去買。把車停在便利商店外，我走了進去，站在冰箱前，想著該喝啤酒，還是隨便買瓶紅酒回家喝。

站在冰箱前思考了五分鐘，我決定買紅酒。啤酒還是要人多的時候喝，這樣才快活啊。於是我馬上轉身，打算去拿紅酒。沒想到這一轉身，沒發現身後有人，一對情侶就這樣被我撞開了。

「搞什麼啊？爲什麼不看路？」女生很不悅地看著我。

我急忙道歉，「對不起，我沒注意到。」

男生對女生說：「沒怎麼樣就好了。」這聲音……我有一點熟悉。

我抬起頭，看著那個男生，竟然是我的第三任男友。我們在一起將近半年，他晚上在ＰＵＢ駐唱，平常白天是吉他老師。分手那一天，他對我說，我是第一次遇見妳這樣的女人，妳讓我了解到，愛和擁有不能並存。

我愛妳，但擁有妳讓我很辛苦，他這樣對我說。

分手一個月後，他託人把我和他在一起時送給他的禮物都還了回來，然後在紙條上寫，「擁有這些東西也令我辛苦，它們讓我覺得自己很無能。」

我想也不想，就把那些衣服鞋子捐了出去。至於兩人的合照，現在可能是空氣裡的某個微塵吧！

我們看著彼此，他還是像以前一樣瀟灑不羈，左肩背著吉他，身穿綠色軍裝大衣，眼神之間，也還是和以前一樣有一股抹不去的哀愁。那時候，我愛的，也正是他這樣的表情。

「幹麼，你們認識嗎？」女生看著我們的細微互動，忍不住問。

他清了清喉嚨，伸手一把攬過女生，從我旁邊走過，「不認識。」

女生笑著說：「我想也是，她全身都是名牌耶，看起來就不可能會是你的朋友。不過她長得還不錯，皮膚好白。」

我呆呆站在原地，覺得自己被狠狠地羞辱了一番，小時候被排擠的惡夢，至今還沒結束。原來，在感情裡，我也因為家庭背景的關係被排擠了。我想哭又想笑，隨便拿一瓶酒，結了帳，心情低落地回家。

回到家時，LV連叫個兩聲歡迎主人回來的意思都沒有，只是抬起頭看著我，不到三秒，又緩緩地趴下繼續睡。我把東西丟在沙發上，從冰箱拿了一些冰塊，準備晚上要好好喝幾杯。

一回神，才發現我居然拿到高粱酒。但實在太想喝酒，我還是一杯一杯地接著喝。想著剛剛在便利商店發生的一切，我忍不住大哭了起來。當初是他先拋棄我，現在又說不認識我，我就這麼可恨嗎？

我眞的不懂，和我在一起，壓力眞的這麼大嗎？

拿起手機，我撥號給凱茜。她都還來不及出聲，我就整個放聲大哭，眼淚不知道爲什麼會流得這麼凶。我到底做錯了什麼？跟我在一起的人都說他們自己很辛苦，可是我從來沒有要求過他們給我什麼啊！

「妳哭成這樣，我覺得很可怕耶。」十分鐘後，凱茜對我說了第一句話。

我拿了衛生紙，隨便擦掉眼淚，然後對凱茜說了剛剛在便利商店的經過。她一聽完馬上發火，「他什麼東西啊？我都還沒找他算帳，現在居然說不認識！拜託一下，認識他也不是多光榮的事。他算哪位，以爲拿把吉他，就會變成周杰倫第二嗎？」

聽到凱茜的聲音，我心裡舒服很多，眼淚掉得更凶，「是不是這個世界上有錢有能力的女人，都不會有人要？」我忍不住說。

「妳瘋了嗎？那種男人啊，很標準自尊心是玻璃做的，一碰就碎。女朋友比他有點錢，就覺得壓力大。女朋友是主管，他是員工，就好像全世界都會看不起他一樣。有病啊！有時間在那裡胡思亂想，怎麼不去想辦法讓自己更進步？」凱茜越說越激動。

我當然知道凱茜的意思，但事實擺在眼前，我總是因爲這些理由而被拋棄。

「采雅，妳要相信，是自己還沒有遇到對的人。妳看，青青繞了這麼一大圈，現在也是過得很幸福啊！妳經歷過的還不到她的八分之一，不要這樣失去信心，不要跟錯誤的感情過不去，知道嗎？」青青現在一定耳朵很癢。

每次跟凱茜說話，都會得到好多力量，越聽越沸騰，好像明天馬上會遇到對的人一樣，我在電話這裡不自覺點了點頭。

「采雅，妳要覺得很幸福，妳擁有的這些，是別人求也求不來的。上帝給了妳，是認爲妳値得，所以妳要比別人更珍惜，懂嗎？有時候，上帝是喜歡跟自己開玩笑的。」凱茜說著，聲音慢慢減弱。

我想，她是想到了關旭，一個我們同時愛上的男人，但他愛的是凱茜。因爲這樣，我和凱茜曾經有一點誤會，上帝開了我們姊妹一個玩笑，而現在，關旭不知道去了哪裡，上帝又狠狠開了凱茜一個玩笑。

調皮的上帝。

「凱茜，妳還在等他嗎？」我忍不住問。

凱茜在電話那頭停頓了一下，接著說：「我等的，是自己不見的那顆心。」

「凱茜，我有沒有說過我眞的很愛妳？」想到她的心情，就不禁爲她擔心。原本以爲她和關旭會有完美的結局，結果卻沒有。

她忍不住笑了，「妳現在是怎樣？告白也太突然了吧！妳眞的喝不少喔！」

我也笑了笑，「喝了半瓶多的高粱，呵呵呵，妳現在回台灣好了，我們明天一起去聯誼！」

「算了吧，那種場合不適合我去，我怕我才一開口，男人都跑光了。我的脾氣妳又不是不知道，算了算了算了，我覺得現在的生活我很滿意，很久沒有這麼平靜地過日子了。」凱茜一把推翻我的提議。

也許是我的日子過得太平靜了，所以需要一點刺激。

「其實我也有一點緊張。」老實說，聯誼這種事，我連想也沒有想過。

「妳自己注意安全，妳個性太好了，跟青青一樣，很容易就被欺負，自己又不吭聲。明天如果有人意圖不良，記得馬上打電話給馬克，我會交代他多摺幾個兄弟過去。」凱茜眞的連出國都不放過好友馬克，三不五時就要派工作給他，我大笑。

「我不是個性太好，我只是不喜歡吵架。」其實我也十分倔強，也有不容許別人踩到的地雷。

「是根本不會吵好嗎？要不是我和小倫在，妳和青青可以安全地活到現在嗎？」凱茜驕傲地說。

「好，妳們兩個最棒了。」我笑著。

「妳該去睡了，台灣時間接近凌晨兩點了吧！明天要去聯誼的人，至少也要先敷個臉吧！」

對喔！我還喝了這麼多酒，明天我的眼袋一定會很明顯。

「茜，謝謝妳喔！」在我很低落的時候，不管是大聲吼我，還是小聲安慰我，她總是不停爲我著想。謝謝十幾年前她主動和我說話，讓我擁有了這些朋友。

「妳今天到底是在三八什麼？可以請問一下嗎？趕快去休息睡覺了，妳以爲電話費很便宜嗎？」凱茜又吼我了。

我笑了笑，心裡暖暖的。和凱茜道了晚安，掛掉電話，對明天的一切又有了信心。

❄

也許是昨天得到太多力量，今天一早不到七點我就自動醒來，然後再也睡不著。起床梳洗後，換了套粉色系的小洋裝，上了個淡妝，穿了前天剛買的 Jimmy Choo 白色高跟鞋。

七點半，出門。

八點，抵達公司。

我喜歡只有我一個人的辦公室，感覺很自在。我開始處理因爲昨天早退堆積起來的工作。公司是代理商，常常會在國外找尋一些新鮮品牌引進台灣，再規畫經營。

我們家並不是什麼上市上櫃的大企業，我只能用「生意人」三個字來形容我老爸。爺爺是開銀樓的，老爸接手後，開始做起珠寶買賣。所以，我小時候是在一堆金子、銀子裡長大的。

老爸很有遠見，知道有頭有臉的大人物不喜歡和別人一樣，因此網羅珠寶設計師，專爲政商名流設計珠寶首飾，就這樣打響名號。

我小時候，爸媽經常不在台灣，我最大的興趣就是待在設計室翻翻雜誌，看著那些原料變成半成品，再變成成品，再聽聽那些設計師叔叔阿姨的對話。他們也會教我怎麼欣賞，耳濡目染之下，對美的創意和敏銳度就特別強。

我想，應該是這個原因，所以很幸運，每次挑中的品牌都能爲公司賺錢。

很多人都以爲我能坐到這個位子是爸爸關說來的。可是我要很誠實地說，我老爸連我公司的名字都記不住，要怎麼關說？爲了保持這種敏銳度，我每個月要看超過六十本時尚雜誌，要很清楚掌握現在時尚走到哪裡。而我要走在前端，找到適合發展的商品，這其實是一份壓力很大的工作，但我樂在其中，因爲我喜歡美的事物。

小倫老是說難怪我們是好朋友，而且這麼多年來一直這麼要好。

眞的很愛當老王，自賣自誇。

處理好昨天留下來的一些公文和企畫案，居然已經早上十一點多了。一回神才發現，我的辦公室外頭，大家都已經在工作了，專心工作眞是一件很痛快的事。

娃娃不知道什麼時候端進來的咖啡也變涼了。我才喝一口，娃娃就衝進辦公室拿下我的咖啡。

「經理，咖啡涼了不要喝。妳一定也沒有吃早餐，先去吃飯吧！妳眞的很誇張耶，我剛明明就說過，如果咖啡涼了，記得叫我幫妳換一杯，妳一定又沒有聽到了。」娃娃一臉氣憤地指責我。

我笑了笑，「又沒關係，涼了就當冰咖啡啊！」

「我媽說女生最重要的就是身體，不要喝涼的，而且妳又沒吃早餐，怎麼可以先喝涼的？」

娃娃太誇張了，我每天都三餐不正常，最愛吃冰過的巧克力，最愛喝摩卡星冰樂，還不是活得好好的，而且也很少生病。我是姊妹淘裡身體最好的耶，也不去打聽一下。

可是我不能反駁她，因爲她會一直唸我，超可怕，我趕緊轉移話題，「好啦！那我去吃飯好了，也有一點餓了。公司有事就打我手機，我會晚點進來。」

帶了幾本雜誌，打算吃飯時好好補一下這兩天的進度。

「經理，妳一定要吃完飯才能看，不要邊吃邊看，胃會壞掉，以前我家在吃飯是連話都不能講的耶。」娃娃又再次轟炸我。

「娃，妳也都這——樣叮嚀阿風的嗎？」我還特別加強了語氣。

她笑了笑，帶著一點羞澀地說：「我才懶得管他呢，隨便他要吃什麼。」

我用眼神揶揄了她一下，「好啦，我就到公司對面那間 TOMATO 吃飯，妳中午不知道要吃什麼的話，也可以來找我。」

「那間義大利麵是很好吃啦，但是我三口就吃完了，沒有飽足感，我還是愛便當，妳快去吃飯吧！」然後拿了一把洋傘遞到我手上，伸手指指外面的大太陽。

我感謝地對她笑笑，隨後就離開公司。

十一點多，餐廳還沒有很多人，只有我和一桌學生客人。安靜的室內，播著小野麗莎的音樂，感覺很舒服。

點了餐之後，我就開始看雜誌。拿著螢光筆和標示貼紙，在需要注意的地方做了註記。

今年的顏色重點眞的好亂啊！看得頭好暈，還有……

「不好意思，請問這個位子可以坐嗎？」有人敲了我的桌子，聲音從我頭上傳來。

我抬起頭，一個穿著西裝的男子，站在我桌子對面，好像打算跟我併桌。我很快地掃視餐廳一眼，發現居然客滿了。此外，我點的義大利麵也早已經擺在我面前了。

我看著他，點了點頭。

接著，他很大方地坐下，對我笑一笑，「不好意思，我不曉得會正好客滿。」

我微笑著回答，「沒有關係。」

說完，我開始吃著我的午餐——冷掉的義大利麵。看了一下手錶，竟然已經將近一點，難怪麵都被冷氣吹冷了。

「妳的麵可能需要重新加熱一下。」他露出潔白的牙齒對我說，感覺起來很像拍牙膏廣告的男模特兒，給人很乾淨的感覺。

我有點疑惑，他怎麼會知道我的麵是冷的？結果他說：「妳的麵啊，醬汁都稠到結塊了。」

眞是觀察入微。

我笑了笑，搖著頭說沒有關係。

「這樣對胃不好喔！」他跟娃娃說一樣的話。

我無所謂地聳了聳肩，繼續吃著。

他的餐點也很快就上桌，我們無聲地吃著，他看他的商業周刊，我很不聽話，又拿起雜誌邊吃邊看。不一會兒，他的手機響了，好像是有人要來接他。他很快解決食物，對我說了一聲再見之後就不見了。難道他有哆啦A夢的任意門？

回到公司，發現大部分的人都不在位子上，我一度以爲自己走錯公司了。娃娃接過洋傘，我忍不住問：「大家都去哪裡了？」

娃娃笑著說：「去打扮了啊！等一下就要去聯誼了，經理，妳該不會忘記晚上要聯誼的事吧？」

我沒忘，但開始有一點退縮，這樣去聯誼好嗎？

「這麼早就打扮？」現在也才三點多。

「經理，妳又不是不知道女生裝假睫毛、化妝、墊胸部有的沒的需要花時間嗎？」

娃娃看了我一眼，「經理，妳要不要去墊一下，我覺得妳的分量不太夠。」

我笑了笑，「要裝到有分量，我可能會重心不穩。」姊妹裡面就青青身材最好，每次去海邊，一換上泳裝，搭訕她的人多到可以從墾丁排隊排到福隆。

「對了，經理，妳哥哥剛剛打電話來找妳，不過妳手機沒帶出去，我問他要不要留言，但他沒說。還有廠商打來的一些電話，我都留紙條在妳桌上了。」娃娃很細心地報告完待處理的事，就離開我辦公室了。

我先處理公事，又和業務組的同事開了個會。回到辦公室，才想起老哥找我。結果怎麼打他手機都被轉進語音信箱，這傢伙肯定又去泡妞了。

「經理，快六點了耶，妳該準備出發了。」娃娃在我辦公室門口，一臉興奮地對我說。

「這麼早？」天都還沒暗，更何況，我也不知道活動幾點開始。

「哪裡早了，妳看辦公室只剩下我們兩個，一點都不早了好嗎？快點快點，晚了就不好了，先到可以先挑啊！」她笑得開心的呢，比我還要激動一萬倍。

「妳有必要這麼開心嗎？」我說。

「當然啊，聽小金說這次的都是極品耶，而且是主管級的，不然我怎麼會強力推薦妳去？最好今天就可以釣到一個金龜婿！」說得跟真的一樣。

「希望是這樣。」我說。

娃娃拿了包包遞給我，很有信心地對我說：「一定是這樣，經理！加油！Go! Go! Go!」

眞的拿她沒辦法，包包才剛接過手，我就被她往外推。到停車場上了車之後，才發現我根本沒有記下聯誼地點在哪裡啊！只好向娃娃求救。

娃娃眞的很貼心，貼心過頭，不但傳訊息告訴我地點，還附上地圖跟街景，超強！因爲在小巷子裡，我的方向感又不夠好，花了一些時間才找到餐廳。進去時，大家已經都坐好了，小舞笑著對我說：「經理，妳遲到囉！只剩下那個位子了。」

她指著最邊邊的位子。我笑了笑，對她說聲謝謝，然後走到最旁邊的空位坐下。其實這樣還不錯，至少可以不用一次面對太多人。

坐在我對面的男生遞了一張名片給我，很熱情地向我打招呼。名片上的職稱寫著統元科技資訊部主任林秋生。「哈囉，沒想到妳年紀輕輕就當上經理了，而且還這麼漂亮，妳確定妳沒有男朋友嗎？還是太多人追了，不知道要挑哪一個？」

啊？一下子問這麼多，我有點驚慌。

還好服務生剛好過來點餐，解救了我。點完餐，大家就說要做個簡單的自我介紹，從男生先開始，由最右側介紹過來，我前面這位男士是最後一位。我看著這整排男生，覺得他們都長得一模一樣。

手機突然傳來通知的鈴聲，是凱茜在 What's App 上傳來了訊息。

凱茜問我，「聯誼如何？」

我只能黯然地回答，「我記不住誰是誰。」

凱茜打了好多個大笑的符號。

接下來換女生開始自我介紹。輪到我的時候，服務生正好來上菜。我突然鬆了一口氣，自我介紹眞的很尷尬，好佩服那些同事，有的人在公司看起來好安靜，結果一個比一個會講話，而且化完妝之後，我認不出來誰是誰。

原本以爲我可以逃過一劫，沒想到坐在我斜前方的男士突然說：「還有一位小姐沒有自我介紹耶。」

接著，他旁邊的旁邊的人，還有他旁邊的旁邊的旁邊的人也附和著，「對啊！還沒有自我介紹完耶。」

我只好開始很簡單地自我介紹，「我叫顧枀雅，一九八〇年生，平常喜歡看看影集、喝點小酒，和朋友聚會。」

就這樣。

「只有這樣嗎？多說一點啊！有沒有特別喜歡吃的東西？還是有沒有特別想去哪裡玩？喜歡哪一種類型的男生？」問題從四面八方湧入，我快被淹沒了，幾乎要招架不住。我只好說要先離開一下，便拿著手機往外衝。太可怕了，我一定要跟凱茜說。打開程式，我開始猛輸入訊息，結果凱茜只是一直回傳大笑的表情。我相信她絕對正看著我的訊息大笑，而且笑到不行，才會沒有打半個字，可惡！

笑完之後，她傳了一行字給我，「回家吧！每個人得到緣分的方式不同，我雖然比誰都希望妳找到另一半，但這種方式眞的不適合妳。」

眞的，我在心裡感嘆。

於是我決定回家。和ＬＶ一起窩在沙發上看影集，絕對比繼續待在裡面開心。回座位前，我先到洗手間。才剛要走進去，就聽到小舞的聲音，還聽見我的名字。

「拜託一下，顧經理是在跟人家湊什麼熱鬧？」她的語氣很不開心，「坐我對面的男生一直問她的事，煩死了，她有必要出來聯誼嗎？追她的男人不是很多嗎？」

小金也跟著附和，「對啊！聽說她家很有錢耶，莫名其妙，上流人幹麼來跟我們這種小老百姓搶，她隨便叫她爸媽介紹，就有小開可以認識了，有必要這樣嗎？」

我站在洗手間門口，想離開，卻一動也不能動。

「有錢人家的女兒就是比較幸福，聽說她從來沒有動手做過家事，家裡還有好幾個佣人可以使喚！」小舞說著。

小金笑聲很尖銳，「眞的假的，我看她好命到連泡麵都不會煮吧！」

「喂，人家有錢人家的女兒幹麼吃泡麵，搞不好連什麼是泡麵都不知道呢！」小舞的結論，讓兩個人笑得很開心。

她們走了出來，而我還是一動也不能動。面對這樣子的嘲弄，我從小就已經習慣了，再難聽的話我也聽過，只是，習慣了不代表可以接受，心裡面還是會難過。

她們看到我站在門口，表情很驚慌。我們面對面沉默了一分鐘，看著她們的表情從驚慌到心虛，我深呼吸一口氣之後，便淡淡地說：「我會煮泡麵，有時候會再加一顆蛋，我最喜歡統一肉燥麵。」

沒看到她們的表情，我轉身從洗手間門口離開，走回座位上，拿了我的東西，向大家打了聲招呼後，就快速走出餐廳。自動門在我背後闔上的那一瞬間，我才能放輕鬆正常呼吸。

回到車上，發呆了整整半個小時，把以前的不愉快全想了一次之後，開始安慰自己，今天這樣還算是小意思，有什麼好難過的？

有什麼好難過的？

有什麼好難過的？

有什麼好難過的？

但我眞的難過，忍不住拿手機打給小倫，響了好久都轉進了語音信箱，再打給凱茜，是凱茜媽媽接的，說她出門忘了帶手機。再打給青青，收訊卻斷斷續續，可能又到法國哪個偏僻的鄉下了吧！

看著手機發呆，在無助得想和人講講話時，翻遍手機裡成串的聯絡人，卻沒有半個號碼可以打，這眞是一個殘酷的事實，不是嗎？

踩著油門，不知道該去哪裡，又不想回家。我到了我們姊妹最常聚餐的熱炒海產店，停好車，我沒有坐到我們的老位子，因爲今天只有我一個人。

老闆阿東哥看到我，帶著笑，用著他的台灣國語對我說：「小雅，妳來啦！剛剛那個小倫跟她男朋友才走而已，妳們今天沒有約好喔！」

我無奈地笑了笑，沒有回應，「阿東哥，幫我炒一盤海瓜子，我要很辣的那種。」

阿東哥又露出他爽朗的笑容，「沒問題啦，我知道妳很愛吃辣，這兩天那個菜商送來的辣椒又香又辣，我幫妳炒大盤一點！」

「好。」微笑地點了點頭，我從冰箱拿出啤酒，找了張小桌子坐下來，杯子就幾乎沒有再離手了，想得太多之後，就什麼都想不到了。現在整個人放空，不停喝酒，腦袋一片空白。

阿東哥不知道什麼時候又端了一碗東西，走到我旁邊叫我，「小雅，妳怎麼都沒有吃啦！是不是不好吃？妳不要這樣一直喝酒啦，來，這個豬肝清湯喝一點，喝太多酒對身體不好喔。」

阿東哥把湯放在桌子上，對我露出關懷的眼神。我很感動，「阿東哥，謝謝。」

「免客氣啦，妳們喔，每個都像我的妹妹啦！東西要吃耶，我先去忙啊！」阿東哥說完，還是繼續站在原地看著我，一點都沒有要去忙的意思。

我只好拿起快筷子，「我會吃完，你忙你的。」

「好！喝太多的話，我再幫妳叫車啦！」

我點了點頭。

吃起海瓜子、喝著湯，再喝一口啤酒。海瓜子真的很辣，麻痺了我的味覺。我把東西都吃光，喝了四瓶啤酒，嘴裡什麼感覺都沒有，就這樣麻麻的。

頭腦麻麻的，心也麻麻的，什麼都麻麻的。

雖然我覺得自己意識還很清楚，但阿東哥不放心，還是幫我叫了計程車，我只好明天早上再來開車了。

下計程車後，走進大樓裡，保全看到我便禮貌性地對我點了個頭，然後說：「顧小姐，今天沒有開車啊？」

我邊走邊回答，「對啊，喝了點酒。」接著按了電梯，電梯門很快就開了，我於是走了進去。

電梯門要關上的時候，保全突然又開口說話，「對了，顧小姐，今天妳哥哥……」說到一半，門正好關上了，所以他後來的話我完全沒聽見。

這傢伙到底找我要幹麼？打電話又不通，少來煩我。

鑰匙轉了兩下，開了門，接著打開電燈。嘴實在太乾了，我直接往左手邊的廚房走去，從冰箱拿出一瓶礦泉水，旋開瓶蓋，大口地喝。轉過身準備回房間洗澡，經過客廳時，我嚇得尖叫。

對，就是尖叫，聲音很尖的那種叫。

我的客廳沙發上躺了一個陌生人，而LV居然就趴在他的肚子上睡覺，現在是什麼情形？我馬上衝到玄關，按下保全系統。

在這裡住那麼久，還是第一次啓動保全系統。

當初爸媽會同意我自己買房子搬出來住，是因爲這裡號稱擁有全台中最精密的保全網，防護滴水不漏。現在是怎樣？這麼大一個人出現在我家是怎麼回事？原本還有點微醺的我還微什麼？清醒得不得了，衝到廚房拿把菜刀先。

那個人因爲我的尖叫和大動作醒了過來，很慵懶地坐起來，看著我，一個字都沒有說，而LV居然還賴在他旁邊。

「LV過來，快點！那裡很危險。」我對牠吼著。

牠居然冷眼看我。

不到一分鐘，三個保全衝了進來，看著我問：「顧小姐，發生什麼事了嗎？」

我對他們指著坐在沙發的那個陌生人。他們轉過頭去看一眼，然後又一臉疑惑地看著我，接著問：「有什麼問題嗎？」

有什麼問題？那麼大一個人出現在我家，居然還問我有什麼問題！氣得我拿著菜刀往保全走過去，「你們還敢問我有什麼問題，怎麼會隨便讓陌生人進我屋子？」

保全看到我手上的菜刀，嚇得邊後退邊回答，「他是陌生人？今天下午妳哥哥帶他來的，說是遠房親戚的兒子，這一陣子要先住這裡啊！還叫我們多照顧他，難道不是嗎？」

這一刻，我突然想起昨天晚上老媽說的，馬伯伯的那個叛逆兒子。昨天猜拳明明是我贏，爲什麼他會出現在這裡？我哥這傢伙眞的要這麼下流嗎？

在我用盡全身力氣詛咒我哥的時候，沙發上那個馬伯伯的兒子突然站了起來，走到我旁邊，拿走我手上的菜刀，同時塞了一張紙條給我，接著又躺回沙發上，最後，LV又跳到他的肚子上。

這狗跟我哥一樣欠揍。

我看了一下紙條的內容，上面寫著，「妹，我是哥，我眞的有非常重要的事必須到日本一趟，他就先讓妳照顧兩個星期，我回台灣後會把他領走的，相信我。」

鬼才會相信你，我氣呼呼地把紙條揉掉。

我從地上的包包裡拿出我的手機，撥打老哥的電話，每一通都給我直接轉進語音信箱，氣得我直接留言給他，「顧釆誠，我和你兄妹一場到今天爲止。」

整個人虛脫得蹲了下來，沒力。

「顧小姐，那現在還有什麼需要我們幫忙的嗎？」保全問著。

我抬起頭看著他們，搖了搖頭，「沒有了，不好意思吵到你們，沒事了。」我能請保全幫我照顧他嗎？天眞的我居然有這種想法。

「那我們先離開了。」他們說完便轉身往外走。門還沒完全關上時，我聽到一個保全在說：「沒想到顧小姐凶起來還滿可怕的，從來沒有看過耶。」

不禁苦笑，我也眞的從來沒發過這麼大的脾氣啊！連我自己都嚇到，這種荒唐的哥哥居然會讓我碰到。

我看著依舊躺在沙發上的人，穿著刷破的牛仔褲，身上一件綠色T恤，如果我沒有看錯，T恤上的圖案是Angry Bird的敵人綠小豬。沒錯，他的胸前印了小豬的臉。頭髮稍長，劉海都蓋住眼睛了，眞懷疑這樣看得到路嗎？沙發旁，擺著一個黑色大背包，十足的年輕人。

「哈囉，我是顧釆雅，你可以叫我釆雅姊姊。」我站起身，對他打了個招呼。

他依舊保持不動的姿勢，很緩慢地吐出四個字，「我叫子維。」

沒禮貌的小孩，跟大人說話居然還躺著，眞的有夠叛逆。

我嘆了口氣，無奈地拿了包包進房間，把長髮紮成馬尾，換上舒適的居家服。從房間走出來的時候，他仍然躺在沙發上，我於是走到我對面的房間裡稍作整理。

這房間是姊妹們來聚會時住的，但她們太久沒來了，積了一點灰塵。換下床單，我稍微打掃了一下。整理好之後，我走回客廳，他的姿勢完全沒有改變。

我喊了他的名字，「子維？」

他沒有理我。

我再喊一次，他才緩緩睜開眼睛看我。我看到他眼睛裡布了一些血絲，下巴也冒出鬍渣。從美國搭了那麼久的飛機回來，可能還有時差，也沒能好好休息，就被我哥這樣帶來帶去。

突然覺得這孩子好像有很多心事一樣。

我看著他的臉，看得入神，「有事嗎？」他突然開口，嚇了我一跳。只好尷尬地快速移開眼神，清了清喉嚨，趕緊說：「你不要睡沙發了，這樣不舒服，我把房間整理好了，你先進去房間睡。肚子餓嗎？要不要吃點東西？」

他站起身，高壯的身材突然給我一股好大的壓迫感。我連忙退後兩步，接著他拿起沙發旁的黑色背包，沒有給我任何回應，就直接走進房間。

叛逆透了，這孩子。

他關上了門。於是我只能對著門，提高音量，「廚房櫃子裡還有一些泡麵和速食罐頭，冰箱裡也有巧克力和礦泉水，如果你肚子餓了，就自己弄來吃！」

……又是一陣沉默。

唉，真是個大麻煩啊！我無力地抱起坐在他房門口的ＬＶ，然後走回對面我的房間，坐在床上，心裡忍不住開始抱怨。這人真的是太難相處了，不要說兩個星期，光是兩天我都受不了。雖然家裡沒人，但也有佣人會在固定時間去打掃，我可以請佣人這一陣子先住家裡，這樣就有人照顧他了，搞不好他也會更自在。

就這麼決定了！除了工作之外，腦袋從來沒有那麼清醒過。很開心自己找到了方法，於是心情很好地在浴室泡澡、敷臉，一躺到床上，就馬上呼呼大睡。

我想，我真的累了，不管在哪方面。

❄

這一睡，我睡到娃娃打電話來叫醒我。印象中，我只有兩次睡過頭。第一次是凱茜告訴我說她和關旭相愛的時候。還沒來得及處理自己的心情，我就狠狠地把自己灌醉，睡了兩天。第二次是青青結婚時，我、小倫和凱茜擔心她嫁錯人，心情很差地聚在一起喝到爛醉，結果睡過頭，乾脆就不進公司了。

再來就是這一次。

「經理，妳不舒服嗎？我打了十一通電話妳才接！是不是生病了？需要接妳去看醫生嗎？妳在家嗎？我現在過去？」娃娃一連串的問號，讓我更想睡。

「現在幾點了？」不知道是昨天喝太多還是吃太辣，聲音一整個好沙啞。

「天啊！妳的聲音怎麼會這樣，現在快十一點了，妳還好嗎？」

十一點了，可是我真的連起床的力氣都沒有，「娃娃，我沒事，只是有點累，妳幫我請假，我今天不進公司了，如果有即時需要處理的事項，隨時打電話給我。」沒聽見娃娃接話，我又馬上入睡。

再醒來的時候，居然是下午三點多了。有了充足的睡眠，幸福地賴在床上翻來翻去，再和LV玩一下，悠閒得不得了。過了一會兒，突然想到要送馬子維回家裡的事，我馬上下床，衝了出去。

客廳沒有人，廚房也沒有人，再看著玄關還有一雙很大的Converse帆布鞋，所以他應該還在房間。

我敲了敲他的房門，但他沒有回，可能還在調時差吧！我只好回房間先刷牙洗臉，換了衣服，準備等他起床之後馬上帶他回家裡，這樣我就解脫了。

可是，我在客廳等了一個小時又一個小時，我看了三本雜誌，快要吃光一盒巧克力，連咖啡都喝了三杯，眼看要七點了，他居然還沒起來。我實在是忍不住，只好再去敲門。

但，又一樣是無人回應。

「子維，你起床了嗎？子維，你肚子不餓嗎？子維？子維？子維？」這樣叫居然還沒有回應，該不會在房間裡發生什麼意外了？不要這樣對我啊！房子是我自己買的，我還在繳貸款啊！不要變成凶宅啊！

想到這個實在太害怕了，馬上打開門想衝進去。結果才往前衝一步，我馬上就不知道撞到什麼，整個人跌坐在地上，然後我的鼻子痛到不行。

一個人影站到我面前，我摸著發痛的鼻子抬頭一看，就是那個我差點以為他死在裡面的叛逆小孩。

他面無表情地看著我，身上依然是昨天那套衣服，頭髮比昨天更亂，只是眼裡的血絲沒了。

我站了起來，撞到的部位還在痛。我眞的沒辦法再跟他處在同一個空間裡了，這個人什麼話都不說，我好像在對牛彈琴。

「子維，我在想，你跟姊姊住可能也會覺得不方便。雖然我家沒有人，但我會請佣人每天過去，你就住家裡吧！可能會自在一點，好嗎？」我從來沒有笑得這麼這有誠意過，笑到連眼睛都彎了起來。

他沉默了一陣子，只說了兩個字，「隨便。」然後走進房間，把他的背包掛在肩上。

我忍不住問：「你從美國回來，行李就只有這樣嗎？」

過了一分鐘，他才又安靜地點點頭。

如果沉默是金，他現在可能跟郭台銘先生一樣有錢吧。算了，反正之後也不會有什麼交集。我回房間，拿了車鑰匙和皮包，便和他先坐計程車到阿東哥的熱炒店去開我的車。

這來來回回的車程，我試過幾次想好好和他說話，結果他一樣繼續存金子。好不容易熬到家門口，我覺得自己快要重見天日了，開心地停好車，走到大門刷感應卡，卻一直刷不過去。

我再重新仔細地確認門牌，這是我家沒有錯，但爲什麼感應卡刷不進去？到底是發生什麼事？爲什麼所有的事都變得這麼奇怪？我刷到沒力氣，他則是抱著胸，倚在鐵門旁，看著遠方，一句話都沒說。

一定是顧采誠這個下流的人幹的好事，我馬上從皮包拿出手機撥給他，還是一樣轉語音信箱，我氣得好想摔手機，滿肚子的氣，只好打給老媽洩憤。

「媽！爲什麼家裡的感應卡刷不進去？」老媽都還沒有說話，我馬上開口問。

老媽笑得很開心，「女兒啊！蘇美島好美啊！改天妳交了男朋友，一定要和他來這裡玩。」

最好我還有心情玩。

「媽！」我的語氣不悅。

「幹麼這麼生氣，妳怎麼會問我呢？問妳哥啊！我又不在台灣，怎麼會知道爲什麼不能刷。」老媽的心都在蘇美島上了。

我再也忍不住抱怨，「媽！妳兒子太過分了，居然丟下妳朋友的兒子不管，明明就是他猜拳輸了，做人怎麼可以這樣不守信用？他把人帶到我那裡，什麼都沒講清楚，留張紙條說要兩個星期才會回來，不負責任耶。」

老媽很悠閒地說：「這樣子的話，也沒有辦法了，就換妳就先幫我照顧一下嘛，妳哥也說啦，兩個星期嘛！他可能有重要的事才會這樣，妳就體諒他一下。」

什麼教養、什麼氣質，今天在我身上都看不到了，「他會有什麼重要的事？全世界他覺得最重要的事就是泡妞、就是把妹，妳現在馬上叫他回來！他自己應該做的事，就要自己做啊！」我回。

老媽在電話那頭嘆了一口很大的氣，「唉，妳也知道我管不動妳哥，算了，我明天就馬上回台灣，本來明天要和妳爸手牽手逛一下查汶大街的，唉，就等下次吧！沒關係，我明天搭最早的班機回去。」

老媽又講這種話，真的完全把我吃得死死的。超級討厭這種感覺，但又無可奈何，「算了啦，妳好好玩啦！我自己看著辦。」

「眞不愧是我的好女兒，媽媽有妳眞的很幸福，我知道妳會好好照顧他的。你馬媽媽從小就最疼妳，所以妳就當報恩啊！」報恩是哪個年代的事？而且我連馬媽媽長什麼樣子都完全記不住了，怎麼會記得小時候她有多疼我？

總而言之，我就是輸了。

無力地掛掉電話，我整個人蹲在家門口，欲哭無淚。

沉默是金的馬子維先生這時突然講話了，他居然講話了！「我其實可以去住飯店的。」聲音從我頭上飄下。

有一秒鐘，我幾乎想要跳起來尖叫。是的是的，爲了我們大家方便，你住飯店是最適合不過的，大家省得尷尬啊！

可是下一秒，腦子馬上閃過老媽哭著說我忘恩負義的表情，指責我連花兩個星期好好照顧好友的兒子都做不到，八成會哭上個三天。我的尖叫卡在喉嚨，認清有些事就算眞的不願意，也得硬著頭皮去做。

要在這個世界生存，有時候，是需要勉強自己的。

我偷偷地嘆了口氣，接著站起來，勉強自己對馬子維露出微笑，口是心非地說：「怎麼可以，馬媽媽都請我們好好照顧你了，不能讓你去住飯店。你就委屈一點先住姊姊那裡，兩個星期後，我哥回來了，你再回家裡住，這裡比較大，比較舒服。」我語調超親切，我想連石頭聽到都會感動。

他轉頭掃了我一眼，視線又回到前方，接著說了兩個字，「隨便。」這孩子怎麼開口閉口都是隨便，沒有別的字可以講了嗎？

我壓下心中的不滿，假笑著問他，「需要到大賣場買些你用的東西嗎？」房子就我一個人住，以前男友偶爾會留宿，但只要一分手，我會馬上把對方的東西丟得一乾二淨，所以我那個房子裡完全沒有半點男人用的東西。

他沒說話，自己往車子的方向走。這樣是表示要去嗎？還是不想去？喔！我眞的快要崩潰了！

不管他的答案是什麼，我也需要買些吃的放在家裡，還要補充我自己的生活用品。就算他不想去，我也沒辦法了。

一路上，他都閉著眼睛，好像很累似的。看著他的側臉，我居然看到出神。

他突然睜開眼，「開車不看路很危險。」

我嚇了好大一跳，趕緊轉頭，把視線移回前方。這孩子是有開天眼嗎？

到了大賣場，我推著購物車，他跟在我後面，一句話都沒有說。我不自在透頂，而且壓力超大，忍不住回過頭對他說：「子維，你去拿你需要的東西，我會在這裡挑水果。」

他看了我一眼，約莫三秒鐘後，轉身離開。看著他的背影，我手上的鳳梨好想丟過去。

拿了兩盒櫻桃，再買些蘋果，想再挑一些白葡萄，就看到馬子維手裡抱著一瓶洗髮精、一瓶沐浴乳、一瓶洗面乳、刮鬍刀、毛巾、浴巾，還有好幾條印著龍、麻將圖案的內褲和幾件衣服，以及兩雙鞋子。

「呼」地一聲，他把東西丟進推車裡，隨後又轉身離開，像風一樣的男子。

我站在原地，看到傻眼。

都還來不及回神，他手上又拿了一堆洋芋片、泡麵、餅乾……等等的零食，就往推車裡丟，推車頓時滿了一大半，他又跑掉了。

我挑好水果，站在原地等了他至少二十分鐘，他都沒有回來。我只好在大賣場玩起找找樂的遊戲，幾乎要把大賣場翻遍了，才在筆記型電腦區看到他。服務人員正在對他介紹電腦的功能。

我走了過去，有點疑惑，「你要買電腦嗎？」

他沒有回答我，還是繼續聽著服務人員的介紹。跟我對話有這麼困難嗎？他不理我，我也懶得理他。我走到旁邊，玩架上的數位相機。我對電腦沒有多大興趣，在公司都面對一整天的電腦螢幕了，我覺得回到家我的眼睛需要休息，所以筆電通常只有出國才會用到。

不到十分鐘，服務人員就走到我旁邊對我說：「小姐，不好意思，這樣總共是兩萬七千元。」

「啊？」我一臉疑惑地看著他，我才玩一下就得買下來嗎？這大賣場什麼時候變黑店了？

服務人員又重複了一次價格。

我有點不耐煩，「我才試一下相機，又沒有要買。」

「啊，小姐，不是的，是那位先生要買電腦，他請我過來跟妳結帳。」服務人員怕我發火，趕緊解釋。

但我一聽火更大！轉過頭去，馬子維就站在那裡，臉上什麼表情也沒有。幫他付錢是應該的嗎？不是！

瞪了他三分鐘，服務人員也在旁邊尷尬了三分鐘。我還是只能乖乖掏出信用卡幫他結帳。簽完名，我拿到兩萬多塊的發票，他拿到筆記型電腦。

我仔細收好帳單，以為這筆錢我會付嗎？門都沒有，我會找老媽請款。要花錢在他身上，我寧願捐出去給沒錢吃營養午餐的小朋友，哼！

把推車推到櫃檯前結帳時，我也很認分地掏錢結帳，反正這些都是要請款的，他花我的一分一毛，我都會拿回來。

總共兩大袋的東西，他一隻手提一袋，很快速地往外走，像風一樣的叛逆男子。希望接下來的兩個星期，他的稱謂不要越來越長。

上了車，看到儀表板上的時鐘顯示時間是九點半，沒想到這樣折騰一天又要過了。我開始覺得肚子餓，今天都還沒有吃東西，我想他應該也餓了吧！

「要不要吃點東西？」我問。

他沒有回答，老招。

我邊開車邊注意附近有什麼餐廳可以吃飯，反正習慣了他的不回答，我的詢問就當成是告知。要不要吃點東西，意思就是「我要吃東西」。把車子停在一間義式餐廳前面，這間店我和青青一起來吃過，他們的披薩是手工現做窯烤的，非常好吃。

「到了。」我說。

下了車，我車門才關好，他就已經走到餐廳隔壁二十四小時營業的清粥小菜店，拿了紙餐盤開始夾東西。我深深深深呼吸了好大一口氣，果真是像風一樣的叛逆男子，叛逆透了。

結完帳，我坐在他對面，看他吃得津津有味，我反而胃口盡失，連筷子都不想動，一看到他，火氣就不斷往上冒，然後又要努力安慰自己沒關係，只是兩個星期，今天已經過完第一天，只剩十三天，很快的、很快的。

他突然抬頭說：「妳不吃嗎？」

今天台灣會下雪吧，他居然想到我了。

我搖了搖頭，「吃不太下。」

然後，他二話不說，端走我眼前的食物，快活地吃了起來。喔，這才是他的目的，我感動得太早，可惡！

手機傳出通知鈴聲，我看了一下，是小倫傳訊息給我。

小倫問我，「妳在哪？早上打妳手機怎麼都沒有接？今天是不是沒上班？妳還好吧？」

我看了一下來電紀錄，因爲娃娃早上打太多通，小倫、凱茜和青青的來電紀錄都被擠掉了，我不知道她們撥過電話給我。

「嗯，沒事，今天想偷懶一天。」我回著，關於這位遠方貴客的事，我不打算講，反正兩個星期後我就能擺脫了。

小倫說：「等等去妳家看影集好了，我帶酒過去，昨天仁丰拿給我，說是客戶送的，讓我們一起喝。」

心裡衝出無限個驚嘆號！

「不行！」我馬上回。小倫來，就會和馬子維碰上，這樣還得了。

我突然察覺自己拒絕得太快，想要再解釋一下時，小倫就傳來，「幹麼，妳家裡是藏了一個男人嗎？拒絕得這麼快，我好傷心。」

「沒有啦，我待會要出去，我們改天再一起喝。」我瞎掰。

小倫回傳，「好吧！看妳什麼時候可以，再打給我喔。」還附上一個笑臉符號。

「OK！」我回答，內心祈禱著兩個星期快點過去。

結束和小倫在 What's App 上的對話，我看著眼前這位吃得超級爽快的先生，無力感從我腳底往上竄。

世界上怎麼會有這麼難搞的人？

回到家後，我也沒有跟他說半句話，就直接回房間，整個人累得癱在床上。LV跳上我的床，在我腰邊撒嬌。我抱著牠，閉上眼睛休息一下，結果一休息再醒來，已經是晚上十二點半了。

飢餓感又來了，我決定先去洗澡再來處理我的胃。洗完澡，本來想煮麵吃，但覺得太麻煩了，只好又拿了巧克力先墊胃，反正再看一下電視就又要睡了。

看著影集時，馬子維從房間走了出來。

我好心詢問他要不要吃巧克力，但好像我不在他的視線之內，也好像我說的話他完全聽不到，他完全沒有理會我，逕自往廚房走去。我是隱形人嗎？可惡。

接著，我聽到一些鍋子和碗的聲音。不到兩分鐘就聞到……喔，是我的肉燥麵的味道，也太香了吧！

手裡拿著的巧克力頓時失色，早知道我就煮麵了，喔，好想吃喔！

馬子維從廚房走出來，手裡端著一碗麵，看見我，淡淡地說：「這麼晚了還吃這麼多巧克力，不怕胖嗎？」接著就走進他住的那間房間。沒禮貌的孩子，也不問姊姊要不要吃，不想想爲了他我今天有多累。

氣得我猛捶沙發。

兩個星期不算短，既然住我這裡，有些話還是講清楚一點，免得我老是心裡不痛快，該訂的規則還是要訂下來，更何況我是姊姊，基本的尊重是應該的吧！

十分鐘後，他端了空碗出來，走到廚房洗碗，再從廚房走出來。這短短的一分鐘，我大概想了八千種給他下馬威的方法，結果一開口，連我自己都想要生氣。

「子維，可以麻煩你過來一下嗎？」我爲什麼要用到「麻煩」兩個字，應該直接說馬子維過來啊！我怎麼會那麼笨！

他看了我一眼，停頓了十秒後，才緩緩走過來，對著我說：「有事嗎？」

剛剛太失策，現在開始眞的要狠狠修理他了。我深呼吸一口氣，然後學他平淡的語氣，「你先坐下。」

他又停頓了十秒，才坐到我左前方的雙人沙發上。

我清了清喉嚨，準備給他來個下馬威。「現在呢，屋子裡就只有我們兩個，姊姊是女生，有些事項，你要稍微配合一下。第一，每天晚上八點半是倒垃圾時間，你要在八點前，把你房間的垃圾拿到地下一樓的垃圾室丟。第二，你的東西只能放在自己的房間，姊姊有一點點潔癖，不喜歡屋子很亂。第三，自己的衣服自己洗、自己晾、自己收，廚房旁邊的小門就是洗衣間，洗衣間外面有陽台可以晒衣服。第四，煮東西吃，要問姊姊要不要吃，對姊姊要有禮貌，要叫我『采雅姊姊』，知道嗎？」

他盯著我看，一句話都不說。我的要求有這麼高嗎？

「你聽到了嗎？」我忍不住問。

「妳爲什麼那麼喜歡人家叫妳姊姊？這麼喜歡張揚自己年紀大嗎？」他看著我。

我突然不知道該說什麼。

他站起來，就這樣走進房間。他門關上的那一刻，我又捶了一次沙發。我很少會這麼動怒的，再怎麼生氣，也都是一下就過了。第一次眞的很想叫凱茜幫我摺兄弟。

回房間關上門，撥了顧采誠的手機號碼，依然是轉進語音信箱，氣得我直接留言罵他。我把他從頭到腳全都罵了一遍，才爽快地掛掉電話去睡覺。

睡了一個很不安穩的覺，賴床賴到將近九點才起床。刷牙洗臉換衣服化妝，再幫LV倒些飼料，準備出門上班。出門前突然想到，白天我不在家，馬子維要出去的話怎麼辦？

於是，又回到房間拿備份鑰匙，留言交代他如果要出門，要關好門窗，不能把鑰匙弄丟了。寫完紙條，放在客廳桌上，眞的覺得政府該頒一個好人卡給我，我這麼善良。

一到公司，桌上有一堆留言的紙條。娃娃幫我泡了杯咖啡送進來，我忍不住問：「昨天公司有這麼忙嗎？」

娃娃笑得超曖昧，「經理，這都是那天妳去聯誼回來的戰績啊！好多人找妳耶，妳那天一定很紅對不對，所以玩得太累，昨天才沒有來上班喔。」

我笑了一下，「如果是這樣就好了。」

門口突然傳來敲門聲，小金和小舞站在門口，一臉有話要說的樣子。我請娃娃先去忙，出去的時候順便把門帶上。

「有事嗎？」娃娃一關上門，我馬上問她們兩個。

小舞尷尬地看著我，支支吾吾地說不上話來，小金只好接著說：「經理，那天晚上的事眞的很抱歉，是我們錯了，我們不應該在背後說妳的不是。」

其實如果不提，我早就忘了這件事，因爲比她們更可惡的人還在我家。看著她們兩個，我忍不住先開口，「不要擔心會被我懲處才道歉，妳們來公司也有一段時間了，應該很清楚我不處罰員工的。」

小舞很快搶著回答，「眞的不是，我承認以前對妳眞的有些偏見，但昨天我們在討論該怎麼辦的時候，掃廁所的阿水嬸剛好聽到，就罵了我們兩個一頓，我們才知道妳跟謠傳的不一樣，對不起，經理。」

阿水嬸？我笑了笑，只不過是很久以前幫她提過一次水，她就四處把我講得跟菩薩一樣。

「去忙吧！我沒有生氣。」我笑著說。

結果兩人異口同聲地問：「眞的嗎？」

我點了點頭，這種事情從我小時候就不停地發生。憤怒過、叛逆過、傷心過、麻痺過，久了也只能這樣習慣。當下親耳聽到，當然還會有些許波動，過了就算了。反正套一句凱茜說的，人不就是喜歡張開嘴就講別人的事嗎？

我回到位子上，看到桌上那些紙條，除了聯絡工作的之外，其他全被我掃到垃圾桶。也許我眞的很期待我的另一半趕快出現，但聯誼這方式眞的不適合我，下次再來試看看登報徵婚會不會比較好一點。

埋頭處理公事時，娃娃抱了好大一箱東西走進來，「經理，有妳的國際快遞耶！」國際快遞？該不會又是老媽亂買什麼給我了吧！我非常擔心地拿小刀拆開箱子，上次我收到老媽寄的禮物，是她去埃及玩，送了我一個石棺模型，裡面還躺了一個木乃伊公仔。不要以爲好像很可愛，可怕死了。模型做得非常逼眞，跟書裡看到的一樣，嚇得我馬上叫娃娃幫我處理掉。

很緊張地打開，看到裡面的東西，我鬆了好大一口氣，是整箱日本知名的零食Tokyo Banana Cake。咦？不對啊！老爸和老媽在蘇美島，怎麼會寄日本的東西給我？

娃娃在箱子側邊看到一張卡片，「經理，這個。」

我打開一看，就是那個沒良心又不負責任的顧采誠寄來的，「親愛的老妹，哥哥知道妳辛苦了，妳很久沒來日本了吧！我寄了妳喜歡的蛋糕給妳解解饞，我很快就回去了，妳等我喔，搞不好還會有個大嫂喔！」

我冷哼了一下，大嫂？不要先帶個小孩回來就好。

自己留了一盒之後，我叫娃娃把其他的分給同事，再預約了下午的飲料外送，給大家當下午茶。大家工作那麼辛苦，就好好放鬆一下吧！

看到辦公室外大家開心的模樣，我也覺得心情很好，帶著微笑繼續工作。看到桌上擺的那盒 Tokyo Banana Cake，突然想起了馬子維，這個他應該也會喜歡吃吧！

這個念頭一想完，馬上被我自己打掉。我爲什麼要去想他喜不喜歡吃？干我什麼事？他昨天也沒有煮泡麵給我啊！

哼！繼續工作好了。

才剛處理完一項工作，我的手機就響了，是小倫來電。

「在公司嗎？」小倫問。

我笑了笑，「對啊，怎麼啦？」

「中午和我跟仁丰一起吃飯吧！我們想吃你們公司對面那間 TOMATO，仁丰訂位訂好了，十二點半。」

「可是我……」有一個重要的合作備忘錄，我要在一點前和客戶確認好。

「沒有可是，妳多久不和我吃飯了？最近我和仁丰約妳，妳都不出來。如果妳會介意，還是我們兩個自己吃就好，我叫周仁丰不要跟！」小倫有點不高興地說。

我趕緊解釋，「沒有啦！我一點前都還有工作，不然你們先吃，我再過去找你們，好嗎？」

「妳說的喔！妳再放我鴿子，我就跟周仁丰分手喔！」這是什麼爛威脅啊？我在電話這頭大笑。

笑完之後，我只好說：「好吧，那我只能選擇放妳鴿子囉！」

「喂，顧采雅！」

「好啦，我趕快處理事情，你們肚子餓了就先吃！」我說。

結束通話，突然覺得有點對不起小倫。我知道她想陪我，也想陪周仁丰，或許我該多站在她的立場去替她著想。好吧，以後他們如果約我，我就多戴幾副墨鏡，看看對付閃光會不會有用一點。

What's App 訊息鈴聲又響起，我嘆了一口氣，再這樣拖下去，我看要改吃晚餐了。

是小倫傳的，「絕、對、不、準、放、我、鴿、子！」

她今天怎麼了？只是一起吃頓中飯，又不是要去哪裡，搞得我也開始莫名其妙緊張起來。

「知道了！但是妳再吵我，我只能和你們吃下午茶了！」我回。

「好，妳加油！不要再回我了。」她說。

被、她、打、敗、了。我只能這樣說。

因爲被小倫搞得很緊張，我很努力，用最快速度完成工作。離開公司時，是十二點四十五分。

這期間，她不知道傳了幾次訊息給我，都是在問：「好了嗎？」「還有多久？」「要不要先幫妳點餐？」然後後面會加一句，如果妳忙就先不要回我。

所以我眞的一個字都沒有回。

❄

到了餐廳，一樣是人好多，多到近乎客滿。我看見小倫站起來對我揮了揮手，我走了過去，突然想起前幾天在這裡遇到的那個人，那個一眼就看出來麵冷掉的人。

走到小倫旁邊，我才發現，除了仁丰之外，居然還有……那個人。

我驚訝地看著他，他又露出那種可以去拍牙膏廣告的笑容。他從仁丰旁邊站了起來，替我拉開椅子。我坐到小倫旁邊，一頭霧水，覺得世界好小。

「你們認識嗎？」小倫看著我的表情，直覺不對勁。

我趕緊收回驚訝的表情，那位先生笑著替我回答，「不算認識，只是上次我們在這裡遇過。」

小倫拍著手說：「哇，好巧！」我覺得她今天怪怪的。

仁丰笑著對我說：「嗨！采雅，好久不見！妳再不出來，某人要休掉我了。」他默默看了小倫一眼，然後被小倫瞪了好大一下，我笑出來。

「跟妳介紹一下，這是我的好朋友，劉子祺，上個月剛從美國回來。」仁丰指著那位像牙膏廣告模特兒的先生。

我點頭打了招呼，仁丰接著介紹，「這是我未來的小姨子，她叫顧采雅，很有氣質吧！」

劉子祺笑著點點頭，「非常！」

「希望你一直可以保持這種錯覺。」跟這些好朋友相處久了，我都忘記自己是不是有氣質了。

他笑了笑，和我交換名片，然後小倫就開始說劉子祺是哪間公司的總經理，因爲公司從事自行車零件研發製作，所以劉子祺的興趣就是騎自行車，而且會自己組裝。她上星期才和仁丰去他家看他收藏的各式自行車，還有一台價值將近四萬塊美金，號稱是幫F1比賽製造各種零件的英國製造商生產的自行車，小倫說完一長串話，還直呼好酷。

我覺得最酷的，是我老媽那個號稱全世界只有一個，她自己拿家裡鑽石黏上去做裝飾的超昂貴名牌包。那一次，她把老爸氣得半死，因爲那顆鑽石是一位議員要嫁女兒用的。當時我覺得老媽超酷，因爲她用快乾膠黏，結果拿下來的時候，包壞了，鑽石也受傷了。

我禮貌地笑了笑，我沒有騎過自行車，那不是我擅長的領域，相關知識我都不懂。然後就換仁丰開始說我的工作，把我說得比我認知中的自己好上千萬倍。突然之間我才發現，原來小倫今天神經兮兮的，就是因爲要幫我牽紅線。我忍不住轉過頭看了她一眼，那眼神就是說：我知道妳在搞什麼鬼了。

小倫不好意思地笑了笑，在桌底下拉了拉我的手。我拿她沒辦法，仁丰跟我們相處久了，當然也知道我們之間的默契，他看著我，也乾笑了兩聲。

這兩個人要作媒，可能還要多訓練一下。

仁丰突然說：「子祺！如果你要想要送生日禮物給你媽媽，可以請采雅陪你去挑，她眼光很好，上次我們去參加 Jerry 的婚禮，你不是說我穿的那套西裝很好看？那就是采雅幫我挑的，小倫那天穿的禮服和首飾，也是采雅選的。」

劉子祺又露出他那一嘴白牙，笑著問我，「可以嗎？會不會太麻煩？」

小倫馬上幫我說不會。

我微笑著，心裡暗暗地在大笑，小倫是眞的很想把我介紹出去，因爲她不是一個雞婆的人，向來不喜歡多管閒事，要她來做這種事，我猜她自己也不習慣。

我看著她笑了笑，她忍不住在桌下拍了我的大腿一下，這種感覺還眞是前所未有的新鮮。

這種飯局上，當然免不了要聊聊天交流一下，而工作絕對是最好的話題。外出討生活的人，一講到工作就是沒完沒了，他講他的難處，我說我的心酸。

我發現劉子祺是一個很用心傾聽的人，不管是誰在說話，他都會專注地看著對方，邊聽邊微笑著點頭。哪像某人，完全讓人無法知道他到底有沒有把話聽進去，不知道他有沒有錢自己去吃飯，不會整天只吃那些零食和泡麵吧？喔！又不干我的事！

「采雅！好嗎？」仁丰突然大聲地喊了我的名字，我才發現原來我又走神了，完全沒聽到他剛才問了什麼。

「嗯？」我很不好意思地請他再說一次。

「妳又走神了？仁丰說很久沒有去吃麻辣鍋了，子祺回台灣還沒吃過那間新開的名店，我們明天晚上去吃好不好？」小倫嫌棄地看了我一下。我也不願意啊！想到什麼就會很容易出神嘛。

我點點頭說好。和他們邊吃飯邊聊天，眞的非常開心。好幾天沒和小倫見面了，見到她，心情眞的很好。

可惜，過沒多久娃娃就打電話來了。她說客戶回覆備忘錄還有幾個地方有問題，希望討論一下再簽約，所以我只好先回公司。

「明天晚上不要忘記了！我們去接妳。」仁丰對我說。

我馬上拒絕！最近還是少讓他們到我家附近比較好，反正兩個星期很快就過了。

「我怕我明天會忙得比較晚，我再過去跟你們會合。」我微笑著，趕緊掩飾剛剛太快的拒絕。和他們道了再見，就趕緊離開餐廳。小倫那麼聰明，一定會覺得我今天很奇怪。

回到公司後，我沒有辦法想太多，就開始重新修改備忘錄的條款。接下來，從英國回來的大老闆把我叫去開了個會。會議結束已經五點半了，時間過得好快。

「還好嗎？我怎麼覺得妳進去再出來，整個人憔悴很多？」娃娃看著我說。

我笑著搖了搖頭，大老闆出國回來就是我最痛苦的日子。他這次一回來，又丟了好多案子給我處理，評估哪個品牌的可執行性高。幾年下來，我也慢慢習慣了。人的受壓程度，永遠都會因爲生活而越來越強的。

人會不知不覺變強。這是我第一次爲工作掉淚時，老爸對我說的唯一一句話。這幾年來，我一直堅信這句話。

「經理，晚上要加班嗎？需要我先幫妳買晚餐嗎？我可以陪妳吃完晚餐再回家喔！不然，妳自己一個人一定又不會吃東西了。」娃娃邊整理桌面邊說著。

自己一個人？馬子維自己在家不曉得有沒有出去吃飯？

我看著娃娃整理好的待處理文件，堆起來差不多有五公分高。再想到馬子維，十秒之後，我對娃娃說：「不了，我今天不加班。」

娃娃驚訝了兩秒，之後笑起來，「好難得妳不加班耶！」

我微笑著，沒多說什麼，把今天的工作稍微做了最後的收尾，我在六點二十分離開公司，拿著那盒老哥寄來的日本蛋糕，二十分鐘後到家。

經過一樓大廳，保全人員對我打招呼。我笑著，但是心裡還是記得那天晚上的尷尬，從來沒有這麼失態過的我，把這第一次獻給了馬子維。

最好他今天有禮貌一點，不然我就……叮！電梯到了五樓，我住的是B棟，B棟一層樓有三戶，門一打開，我看到馬子維在家門口，和隔壁那位被某董事長金屋藏嬌，年紀比我小的 Tiffany 站在一起，而那位董事長，我要叫他叔叔。

Tiffany手勾著馬子維，笑得如沐春風。不是夏秋冬風，是春風，是春風！馬子維臉上也居然帶著微笑。見鬼了！我以爲他的臉是打了三公升的肉毒桿菌，永遠不會有表情的，現在這樣是怎樣？

我有一點不高興，喔，不！是很不高興！我收留他，還要看他的臉色，結果他對別人那麼好！

我走到門口，Tiffany笑得很燦爛，看著我說：「哈囉，采雅姊姊，我都不知道妳有一個這麼帥的弟弟耶，不會是同父異母吧？」住在這裡這麼久，還是第一次聽她叫我采雅姊姊，午餐都要吐出來了。

套一句凱茜說的，沒腦。

搞不清楚什麼話該說什麼話不該說，還覺得自己很可愛的女人，就是我們俗稱的沒腦，小倫說女人可以沒外表、沒身材，就是不能沒腦。

我冷冷地看著她，「是遠房親戚的弟弟。」

她一臉開心地看著馬子維說：「你住這裡眞的太好了，我們年紀差不多，有一個可以聊天的伴，我就不會那麼無聊了。」

我記得她這個表情，因爲她也會對我哥這樣說話，可惜我哥對任何女人都有興趣，就是不碰別人的女人。

我看不下去，對著他們說「借過」。Tiffany 把馬子維拉到她旁邊，讓了一條路讓我進屋子去。

一進家門，我深呼吸了好幾下，才不至於把馬子維的東西都丟出去，叫他去住隔壁。我抱著LV進房間，自己一個人把那盒蛋糕吃完，我決定餓死他。

十分鐘後，我聽到馬子維進門的聲音，幾秒鐘後，他敲了我的房門。

要幹麼？知道自己對我的態度不對了嗎？如果他眞的很乖地叫我采雅姊姊，我就可以不計較。

打開門，等著他對我說，采雅姊姊，對不起，這兩天我的態度太不好了，希望妳不要跟我這個小人計較。

結果他遞了一個包裹給我，然後說：「樓下管理室送錯，送到隔壁。」轉過身要離開時，又轉了回來，「剛才那盒蛋糕呢？」

我沉默了，和他對看三秒，接著說：「我吃掉了。」

「一個人吃掉一整盒，不怕胖嗎？」他說完，就回房間了。

可惡，爲什麼要在一個超過三十歲的女人面前一直講到「胖」字，不知道這是大忌嗎？壞孩子！

我看著手上的包裹，難道是送錯，所以 Tiffany 才會拿過來，所以他們兩個人才會在門口？

走出房門，才發現早上寫的紙條和家裡鑰匙完全沒有被動過的痕跡，他該不會一整天都沒有出門吧！我再走到廚房，家裡也沒有開伙的痕跡，零食和冰箱好像也都沒有動過一樣，他該不會一整天都沒吃飯吧？

管他的，不吃他家的事。下定決心不管他，兩秒後，我還是心軟地敲了他的房門，敲下去那一瞬間，我罵了千萬次自己的沒原則。

他打開門，看著我，我很酷地說：「換衣服，我們出去吃飯。」

他走了出來，關上門，走到玄關準備穿鞋子，「你不換衣服嗎？」我問著，他上半身套了一件白色背心，露出結實的臂膀，下半身則穿著一條大賣場買的沙灘褲，穿好拖鞋後，自顧自走了出去。

千萬個後悔自己為什麼要心軟，餓死他好了，連一句話都不回答我。

好，你不說話，我也不想跟你說話！一路上，我們兩個很安靜，我還在思考著要吃什麼的時候，他居然開口了。

他、居、然、開、口、了。

「我想吃肉燥飯。」他說。

我有點驚訝，「啊？」

他又重複一次，「我想吃肉燥飯。」

於是我帶他到我和姊妹們常吃的一家麵店，他們家的肉燥飯非常好吃，小倫最喜歡他們肉燥飯上會灑很多青蔥，還可以選一般的肉燥飯，或是瘦肉的肉燥飯，非常適合我們這些上了年紀，新陳代謝變差，又不喜歡運動的女人。

我點好餐，再點一些滷味和小菜。回到位子上，我們一句話都沒有說，偶爾眼神瞟向他，才發現，他被劉海蓋住的眼睛上眼睫毛很長，鼻子還滿挺的，嘴型也好看，皮膚雖然黑了點，但感覺不錯。如果他早點來台灣，上個月新品牌的模特兒就可以找他了。

他眼神突然和我對視，我嚇了一跳，假裝不在意地看著別的地方，還好肉燥飯很快就來了。

糟糕！我忘了說我的肉燥飯上面不要加蔥，現在碗上面一層滿滿的蔥，我看了，皺了一下眉頭。蔥很好，只是我很難跟它變成朋友。

馬子維二話不說，馬上拿走我手上的肉燥飯，然後把上面那層蔥撥到他碗裡，一顆蔥花都沒有遺漏。最後，再把碗放我回我手上。

我驚訝地看著他，這種舉動太不像他會做的了。他扒了好大一口飯進嘴裡，抬起頭看我，「不吃嗎？」

我馬上拿起肉燥飯，免得又像上次吃自助餐那樣，連我的分都被他掃光。

他不知道是餓太久，還是這裡的東西合他的胃口，他一個人吃了三碗大碗肉燥飯，實力眞的很驚人。

結完帳，才剛要走出店門，有一個人擋在我前面，很熱情地對我打招呼，「顧小姐，好巧，沒想到可以在這裡遇到妳。」

我認識他嗎？看著他的臉，好像看過又好像沒看過，好疑惑。

對方見我沒有反應，馬上接著說：「妳忘記我了嗎？我是林秋生啊！我們前兩天在聯誼的時候見過面啊。我就坐在妳對面，妳不會忘了吧！」

我乾笑了兩聲，他一講出聯誼兩個字，我覺得店裡面全部的人都在看我，包括站在我後面的馬子維。

「妳什麼時候有空一起出去吃個飯？我知道有一間很不錯的餐廳，明天晚上好嗎？或是明天中午？」他說得又快又急，我根本沒有插嘴的餘地。

馬子維突然走到我旁邊抓住我的手，然後對著那個人淡淡地說：「她沒有空！」接著就把我拉走。走出麵店之後，他就放開我的手。

我對他說了聲謝謝，他很冷漠地回我，「聯誼很蠢。」接著就往前走。

我快步走到他旁邊，一跨步站到他面前，「聯誼哪裡很蠢了？有些人就是要靠聯誼才能找到另一半的。」

他停下腳步看我，兩秒後，又繞過我，走到車子旁。又開始無視我了，這傢伙。

一上車，發動引擎，油門一踩，我開始爆發，「姊姊還在說話，你怎麼可以先離開？平常問你話也不回答，小孩子怎麼可以沒有禮貌，難道馬伯伯沒有教你要怎麼對待長輩嗎？」

他用銳利的眼神看了我一眼，接著回過頭面對窗外，我獨自一個人生氣。

回家後，我們各自回房間，我氣得又打老哥電話，花了三分鐘留言，撂下一堆狠話。

洗完澡，才晚上九點半，但我決定晚上早點睡。抱著LV，躲到被子裡，開始對LV抱怨馬子維有多沒禮貌。過了一下，手機就響了，是一組沒看過的電話號碼，我疑惑地接了起來。

「哈囉，我是子祺，沒有吵到妳休息吧？」他爽朗地打了招呼。

我笑了笑，「沒有。」

「今天妳走得比較匆促，所以還沒來得及跟妳說，很開心可以再見到妳。」聽得出他語氣中的笑意，我幾乎可以想到他又露出潔白牙齒的笑臉。

「沒想到你會認識仁丰，眞的很巧。」

「我也沒有想到，呵呵，工作還順利嗎？事情都解決了嗎？」他問。

「有啊，只是解決了一樣，又會有新的。」總之就是做不完的工作。

我們隨便聊著工作和生活，他小時候住在台灣，一直到高中畢業才到美國去念書。公司在台灣設了分公司，他才回來接管的。他說我和他媽媽一樣，都是氣質很好的女生。

「所以，你覺得我很像你媽媽囉？」我問。

「神韻有一點像。」

「你應該不會有一天不小心叫我『媽』吧！」

他在電話那頭笑得很開心，「應該是不會發生的。」

聊得很開心，不知不覺就過了一個多小時，「快十一點了耶，你該休息了。」我說。

「快十一點了嗎？好快，我還在公司，再整理一下就回家。」他說。

「你還在公司？那你快去忙，晚安。」又一個拚命三郎。

他笑著說：「好，晚安，明天見。」

我差點又忘記明天晚上要一起去吃麻辣鍋。結束通話，我才發現剛剛在講電話時，小倫打了五通電話給我。

我回撥，她一接起來馬上說：「剛跟誰講電話？」

「劉子祺。」我覺得她明知故問。

她開始狂笑，是發狂的那一種笑，「妳還好嗎？妳媽會被妳嚇死。」我說。

「好得不得了，有機會嗎？」她直接問。

我想了一下，「不知道耶！」有時候看起來像是機會，其實都是死會。

「妳中午走了之後，子祺跟我們說你們之前遇到的事。這就是緣分啊！顧采雅，他比妳大兩歲，工作態度好，又孝順，只交過兩個女朋友，分手很久了，而且兩任女友都結婚了，完全沒有前女友問題。」小倫開始交代他的祖宗十八代，我快要被她笑死。

「好啦！妳和仁丰就別忙了，不要給人家壓力。」也許劉子祺只想把我當朋友。像之前，只要認識年紀比我大的男人，都只會把我當成朋友或是妹妹。我的樣子，在年紀大的男人眼中，好像沒有什麼吸引力。

「拜託，他對妳多有興趣，一直問妳的事耶，我差不多都講了。」

「出賣朋友不是值得稱讚的行爲喔！」我笑著。

「我不需要被稱讚，我只要妳幸福就好。」小倫回答。

我點了點頭，即使她沒有看到，也會知道我心裡有多感動。互道晚安之後，我到廚房喝水，馬子維剛好從房門口走出來，也到廚房，打開冰箱拿水。我從他背後繞過，走進房間，躺上床，睡覺。

不要有交集是最好，我想。

隔天早上準備出門時，又看到桌上原封不動的鑰匙。我也沒有動，就放在桌上，決定讓馬子維自生自滅，隨便他。

到了公司，就開始解決那五公分高的待處理文件，努力地查資料、做分析、統計。重複動作著，完全沒注意到娃娃走進辦公室，朝我大叫，「經理！」

我嚇了一跳，從文件中抬起頭，「怎麼啦？」

「妳的手機響了，然後現在停了，而且十二點半了，妳要吃點什麼嗎？我幫妳帶回來。」她說。

我笑了一下，「都可以，麻煩妳囉！」

娃娃點點頭，走出辦公室。我拿起手機，是劉子祺打來的，正想回撥，就收到一通他傳來的簡訊。

「我想妳應該是又太認眞工作，沒聽到電話響。沒什麼，只是想跟妳說，記得吃午餐，應該說是記得趁熱吃午餐，晚上見。」

我微笑著，愛自己是必要的，被關心的溫暖，卻不是自己能夠給自己的。我回了簡訊，「你也是，晚上見。」再加了個笑臉。

不久後，娃娃買了鍋燒麵回來。我今天沒有邊吃邊工作，而是很專心吃完再工作。

娃娃很滿意地點頭說：「如果妳每天都像今天這麼乖就好了。」

她明明小我六歲，卻老是講出像媽媽的話，我忍不住笑出來，「還笑，邊吃東西邊工作本來就不好，講了幾萬次，沒想到今天終於變乖了。」娃娃說。

「好啦！我以後都會很乖，妳快去忙吧！」我說。

娃娃很滿意地點頭後才離開。我繼續努力工作，終於結束時，辦公室外都沒有人了，電腦螢幕上的時間顯示是晚上七點二十五分。

我拿出手機，小倫傳了二十幾則訊息，從七點開始，每一句話都是，「忙完了嗎？」，還有一則是劉子祺傳的，「需要人過去接妳的話，可以打電話給我。」

我打電話給小倫，告訴她我現在要過去了，她才安心。「好，我們等妳。」很擔心我又放她鴿子。

開車時，我又想到馬子維。我馬上警告自己不准再去想他有沒有吃飯，我該做的都做了。

一到麻辣鍋店，聞到好香的麻辣鍋味道，我開始感覺飢餓。劉子祺貼心地幫我拉了椅子，準備碗筷，我微笑著道謝，他給了我更大的笑容。

小倫和仁丰一臉很滿意的表情，我忍不住用眼神叫他們兩個不要太誇張了，結果小倆口笑得跟什麼一樣，三八。

麻辣鍋是我的最愛之一，所以我很認眞地吃，劉子祺也很認眞地幫我挾菜。「你不要一直幫我挾，你自己也吃啊！」

他笑著說：「妳還沒來之前，我已經吃很多了。」接著又貼心地幫我倒了一杯酸梅汁遞給我。

「對了，采雅，妳這個星期六有空嗎？我們去集集騎腳踏車好不好？好久沒去了。」小倫突然說。

我點了點頭，應該是沒有事，反正我也不想放假跟馬子維在家裡面對面，想到就覺得很痛苦。

吃得正開心時，手機響了，是老媽打回來的。我趕緊接起來，可是收訊不太好，我只好走到餐廳外去聽。

「女兒，在幹麼啊？」老媽又用她那油膩膩的聲音說。

「我和小倫在吃飯啊！妳和爸玩得還開心嗎？」我問。

老媽笑了兩聲，「當然開心啊！這裡好美好舒服啊！對了，馬伯伯兒子還好嗎？能適應台灣嗎？妳有沒有好好對人家啊？」

我有沒有好好對他？這個老天爺最清楚了，我對他多好，他是怎麼對我的？

「媽，我對他很好，但他很難相處，問個話也不愛講，又沒有禮貌，妳快點叫哥回來。」我還是不死心。

老媽嘆了一口氣，「妳別這樣嘛，剛才妳馬媽媽打電話給我，聊了好一會兒，這孩子以前不會這樣的，不知道是受了什麼刺激，整個人完全變了。妳馬媽媽也很難過，妳就多體諒他一下吧！當初願意讓他獨自回台灣，條件就是必須住在我們家，這樣妳馬媽媽才不會擔心。」

「我從來沒有這麼體諒一個人好嗎？」我反駁。

這個世界上，誰不是每天都在接受刺激的？

「女兒啊，妳就當是幫媽咪的忙，多忍耐一下，搞不好明天我不想玩了，就回去了啊。」

最好有可能，我才不相信。

和媽媽的通話結束，回到餐廳裡，我滿腦子都在想馬子維是受了什麼刺激，女朋友跟人跑了嗎？不然還會有什麼事可以刺激他？

吃完麻辣鍋，小倫提議一起去喝一杯，但我拒絕了。因爲老媽說馬子維受到刺激，這麼一來，我不回家看他有沒有好好的，好像就是我太冷血了。

「爲什麼？」小倫問。

我隨便掰了個藉口，「那個……明天早上要開會，我要回去整理資料。」

「好吧，雖然很可惜，不過也是沒有辦法的事。」劉子祺接著說。

和他們在餐廳門口說再見，我上了車，不到一分鐘，劉子祺傳來簡訊，「路上小心，今天很開心，期待下次見面。」

我先把車停到一旁，「我也很開心，每次都先走，眞的很抱歉，星期六教我騎自行車吧！」我回傳。

他又迅速地回傳，「其實妳不需要學，因爲我可以載妳。」

看著簡訊，我笑了，我回他，「也許我可以載你？」附上笑臉。

如果馬子維有劉子祺的一半禮貌，我眞的會謝天謝地謝眾神。

❄

開著車我的愛車，二十分鐘後，我到家了。

LV在我腳邊撒嬌，我抱起牠，突然發現桌上的鑰匙不見了。難道馬子維今天出門了？我坐在客廳沙發上，猶豫著要不要去敲他的門，半小時後，我起身決定問他有沒有去吃飯。

結果敲了十分鐘，這位大哥居然沒有半點聲音。我眞的生氣了，管他受過什麼刺激，我現在也在被他刺激啊！二話不說打開房門，準備好好教訓他一頓，結果屋裡沒有半個人。

「馬子維。」我叫著。

整個家中完全沒有他的人影，難道是去吃飯？如果是就太好了，他自己一個人可以行動，我就可以不用管他了。他會出門，身上應該有錢吧？就算和馬伯伯吵架，馬媽媽也會給他錢吧！

所以我很安心地去洗了澡，再帶LV去頂樓晃了一下。回到家之後，馬子維還是沒有回來，時間是晚上十一點十分。難道他在台灣有朋友？應該不可能，這樣的話，他住朋友家就好了啊。那他到底會去哪裡？

我坐在客廳沙發上看著影集，但影集的內容我幾乎沒有看進去，只聽見牆壁上時鐘滴答滴答的聲音。

晚上十二點十二分，他還沒有回來。

晚上十二點三十六分，門口依然沒有動靜。我再一次走進房間，確定他並沒有把東西帶走，於是又回到客廳繼續等。本來想打電話給他，卻發現我根本沒有他的手機號碼。

晚上十二點五十四分，我幾乎要睡著了，另一方面，心情也越來越焦慮，很擔心他是不是在外面發生了什麼意外。

晚上一點零九分，我終於忍不住打電話去管理室。

「顧小姐您好，有什麼需要爲您服務的嗎？」管理室的工作人員問著。

我開始思索要怎麼回答他。十秒後，我結結巴巴地說：「請問一下，今天有看到我……弟弟出門嗎？」我弟弟這三個字有夠不順口的。

管理室停頓了一下，「顧小姐的弟弟是……」

我瘋了嗎？怎麼會去問人家這個問題，以爲每個人都會認識馬子維嗎？除了那天那幾位保全之外，應該不會有人知道他是誰。掛掉電話，我的心情更沉重，腦子開始有了很多不好的念頭。

晚上兩點十五分，我已經想要打電話去報警了。這時，正好聽到門口有鑰匙打開的聲音。十秒後，馬子維出現在我的視線中，他緩緩地走進屋裡。

心裡的壓力一解除，湧出無限的委屈。我爲什麼要爲了他擔心受怕？他又不是我的誰，我爲什麼要爲了他晚歸而心神不寧？

「你爲什麼這麼晚才回來？」我冷冷的。

「和朋友出去了。」他淡淡地回話。

就因爲他都一直是這種態度，我火氣更大了，「好，那爲什麼晚回來不會打電話說一聲？你幾歲？是小孩子嗎？我爲什麼要替你擔心？」

他看著我，一句話都沒說。「我不知道你和馬伯伯怎麼了，可是既然你在台灣，又住在我這裡，你想叛逆、想幹麼都沒關係，但請做到最基本當客人的禮貌。」

「對不起。」他看著激動的我，緩緩地開口。

道歉來得這麼突然，一時之間，換我不知道該怎麼辦才好，火氣好像被淋了一盆水一樣消失了，還全身濕透。

「你知道我等多久了嗎？我多擔心你發生什麼事，這樣我要怎麼跟馬媽媽交代？」我的氣燄弱了不少。

「其實妳不用跟我媽交代，也不用打電話罵妳哥哥，妳本來就不需要照顧我。」他這話一講，我又更火大了。

我用了三十年前吃奶的力量，對著他說：「我當然知道我不需要照顧你，但是我媽媽在乎，你媽媽也在乎。也許你年紀比我小，但活了二十幾年，你難道不會明白，這個世界上有很多事情，不是我們自己可以決定要做或不做，你不也是因爲在乎媽媽、擔心媽媽，才願意住在我們家嗎？」

他看著我，眼神很複雜。

「我們都有自己在乎的人，也許你對你的人生有很多不滿，但是我們其他人並沒有對不起你，你以為全世界只有你叛逆過嗎？你以為全天下只有你最慘嗎？」我在蹺課的時候，你可能還在喝奶！

「那妳又以為妳是誰？妳就有資格去評斷我的人生、我的感覺嗎？妳懂什麼？」他語氣很冷淡地反駁我。

「對，我是不懂，我也不想懂，我只是要告訴你，因為你媽、因為我媽，我們必須再相處一陣子，請你管好你自己，你不是我的責任。」話一說完，我馬上衝進房間，隨便拿了個包包就離開家。

管他現在是凌晨三點，我一點都不想跟這個人待在同一個空間裡。他比我哥更壞，壞孩子！我氣得車速開到一百三。

本來想回老爸家，又想到我那個沒良心的老哥把感應卡號碼給換了，我只好又離開。想去找小倫，又怕這個時間她可能睡了，或是跟仁丰在一起，我只好開著車到海產店。

阿東哥看到我這個時間穿著居家服自己一個人來，臉上表情超驚訝，「采雅，妳怎麼這個時間來了啊？」

我隨便拉扯了嘴角，假裝微笑，「沒有，突然間好餓，想喝個酒，可以幫我炒兩個下酒菜嗎？」

阿東哥不是沒有見過世面的人，當然知道事情不可能這麼簡單，雖然疑惑了一下，但也沒有再多講什麼，「好，妳等我啊！」

我點了點頭，這次不是從冰箱拿啤酒，而是從旁邊的櫃子拿了瓶高粱。阿東哥看到，急忙說：「采雅啊，那麼晚了，喝一點啤酒就好了啦，這個妳喝了，晚上睡覺會不舒服喔！」

「沒關係啦！」我打開瓶蓋，拿了個酒杯，加一點冰塊，喝了一杯。酒的魔力一發揮，頓時讓我覺得剛剛心裡面受到的氣完全消失不見。

我就這樣喝著，阿東哥一直勸我少喝一點。來來回回幾次，我已經聽不見阿東哥在說什麼，只覺得很舒服，什麼都可以不用去想。

眞的什麼都可以不用去想。

因為我醉到完全不知道自己怎麼回到家的，只知道我一睜開眼睛，頭就開始痛，痛到我忍不住往自己頭上打了好幾下。

「該打的不是妳的頭，是妳一杯接一杯的手。」我的手停在空中，抬起頭一看，馬子維站在房門口，拿了一包東西，一臉嫌棄地看著我。

想到他昨天那個樣子，我低下頭沒有理他。

「我怎麼回家的？」我問。

「海產店老闆開妳的車送妳回來的。」

他走到我床邊，把那包東西遞給我，「什麼東西？」我問，然後我每講一個字，頭就要爆炸了，從來沒有喝得這麼醉過，原來宿醉這麼痛苦！

他沒有說話，接著走了出去。這傢伙什麼時候才會知道，好好地回答人家的問題是最基本的禮貌。我撫著因爲生氣而更痛的頭，決定在我頭不痛之前，都不要再跟他講話了。

打開塑膠袋，裡面是各式的解酒液跟解酒錠。馬子維去幫我買的嗎？還在疑惑時，他又拿了一杯水走進來。我看著他的舉動，匪夷所思。

他看著我，用關心的語氣，「我不知道要買哪一種，是藥局小姐幫我拿的，妳就挑妳喜歡的吃吧！」然後把水遞給我。

這不是馬子維，他今天有溫度，我好不習慣。我就這樣僵著，他應該不會記恨昨天晚上的事……

「看在妳媽和我媽的分上，我沒有下毒。」他說。

我心虛得被口水嗆到，咳了兩下。

「原來妳真的覺得我會下毒。」他繼續說。

我咳得更嚴重，頭痛到好像不是我的一樣。

他把水放在旁邊的桌子上，走到我旁邊替我拍背，然後我再度被口水嗆到，咳得更用力。再這樣下去，我一定會咳到肺部破裂、頭痛到中風。

「出……咳、咳……去、咳……咳咳……」我快斷氣了。

他掙扎著到底該不該出去，可能很怕我會咳死在房間裡面，但如果他繼續待在我房間，我才真的會咳死，「出去、咳、咳咳……」

最後，他走了出去。我慢慢順著呼吸，頭還是痛到快炸了，但很快就不咳了。拿起桌上的水喝一口，整個人終於活過來，隨便從袋子裡拿出一瓶解酒液喝掉。有夠難喝，根本就是榴槤汁的程度，再拿了顆解酒錠吃，最後馬上躺到床上睡覺。我真心覺得一定是我頭痛到產生錯覺，那一定不是馬子維。

那不是馬子維、那不是馬子維……唸到第三十九次，我又不省人事了。再一次起床，已經是下午五點了。頭是不痛了，但是睡太久，我睡到全身痠痛。人還是要認清事實，有年紀了，真的不要開自己玩笑，不能再像年經時任意熬夜喝酒了。

在床上翻了兩圈，才忽然想起，我今天都沒有進公司，也沒有打電話給娃娃，她一定急瘋了，從包包裡翻出手機，才發現手機完全沒電了。趕緊換上電池，一開機，鈴聲就響不停。

有娃娃的來電、小倫的來電、凱茜的來電，還有劉子祺的來電。

馬上先回電給娃娃，結果她一接起來，不知道爲什麼，笑的聲音聽起來這麼噁心，「經理！呵呵呵。」

我全身雞皮疙瘩都上來了，「妳幹麼這種聲音，我好不舒服。」

「呵呵呵！我哪有什麼聲音，妳還好嗎？聽說妳感冒，還發燒了，應該有人照顧妳吧？呵呵呵。」她再呵下去，我眞的會叫她連續一個星期晚上加班。

「妳在說什麼啊？我沒有發燒啊，只是喝太多了。誰跟妳說我發燒了？」

她又再一次呵呵呵笑，「早上有一個男人打電話來，說妳身體不舒服，今天沒有辦法進公司啊。所以妳沒有發燒，而是跟一個男人喝太多？喔呵呵呵呵！」

我現在眞的沒辦法跟這樣的她對話，好想摔手機，「妳不要想太多，麻煩妳幫我把需要處理的文件整理好，我明天會進公司。」

然後，我第一次掛娃娃的電話。

應該是馬子維幫我請的假，房間桌上就一疊我的公司名片，要請假不難。我起床梳洗，可憐的LV，今天一定都還沒吃東西。我走出房門，打算幫LV倒點飼料，馬子維正在廚房，好像又在煮他自己的泡麵，好香！

我走到廚房旁的櫃子，打算拿LV的飼料。結果馬子維頭也沒有回，繼續煮著他的東西，一邊說：「牠下午才吃過，而且吃了不少。」

我只好再把飼料收起來，抱起LV，到客廳去看電視。馬子維今天真的很奇怪，怪透了，邊看電視邊注意他的一舉一動，很擔心他會不會突然撕下他的臉皮，變成其他星球的人。

看到他從廚房走出來，我的視線趕緊移開，假裝在看電視。沒想到他竟然把那碗麵放在桌上，然後說：「吃點東西吧！」

「你今天好奇怪。」我還是忍不住說了。

他看著我，沒有再開口，又走回廚房。我突然鬆了一口氣，這才是馬子維啊！結果，廚房突然又傳來聲音，「再不吃，麵都要爛了。」

哇，他是有千里眼喔！怎麼知道我連筷子都還沒拿起來。我趕緊開始進食，統一肉燥麵加蛋，肚子餓時，它真的是全世界最好吃的東西。幾分鐘後，他又端了一碗出來，直接坐在L型沙發的另一頭，也開始看著電視吃了起來。

我邊吃邊想，他會改變這麼大，應該是因爲昨天晚上吵的那一架。

「你今天怎麼沒有進去房間裡面吃？」我問。

「我想看電視。」他說。

「都是吃泡麵，你爲什麼不一起煮就好，還分兩次？」我問。

「我只會煮一人份。」他說。

「你是不是覺得姊姊昨天講的那些話很有道理？」我問。

他停頓了一下，沒有回答，臉上表情有一點不知所措。

「叫一聲采雅姊姊聽看看。」我說。

「不要。」他馬上回絕。

「叫一聲采雅姊姊聽看看。」我不死心。

「吵死了。」他回答完，用最快的速度把全部的麵塞進嘴裡，然後起身走進房間，

「妳頭不痛了，碗給妳洗。」

他關上房門後，我笑了出來，這是傳說中的惱羞成怒嗎？

也許就像馬媽媽說的，他以前不是這樣的人，只是因爲遇到了一些不開心的事，才

封鎖了自己。我以前也經歷過，也許要多站在他的立場替他著想。畢竟，那個時候，我也過得不快樂。

碗洗完之後，我回到房間，手機傳來鈴聲，是小倫的來電。

「妳在幹麼？」她問。

「沒幹麼啊。」我說。

「我在妳家樓下，我們去喝點東西。」她說。

我開始有一點緊張，「現在嗎？可是我明天……」

「顧采雅，妳什麼時候這麼難約？如果妳不想出門，那我上去喝。」小倫一說。

我馬上回答，「給我十分鐘。」，讓她上來還得了。

出門前，我敲了敲馬子維的房門，他開了門，我對他說：「姊姊要跟朋友出去，你要出門的話，請記得留紙條。」

他看了我一秒，隨後就把房門關上。

很奇妙，面對他這個舉動，我一點都不生氣了，反而覺得他很好笑。我在玄關穿鞋時，他突然又開門，語氣淡淡地說：「不要喝太多了。」又馬上關上。

我笑了笑，心裡浮出兩個字，可愛。

一坐上小倫的車，她邊開車邊說：「妳今天是發生什麼喜事嗎？怎麼笑得這麼開心？」

「有嗎？」我怎麼一點都不覺得自己在笑？

「有啊，是因爲子祺嗎？」小倫問著。

我笑了，「妳這媒人眞的當得很稱職耶！自從第一次吃過飯到現在，每次打電話來都在問進度，我們也才認識幾天耶！」

小倫心虛地說：「幹麼這樣，我眞的覺得你們很合適啊，他長得也不錯，工作努力，更何況年紀還比妳大，這很難得耶！」

「方、艾、倫！講得我好像四十好幾一樣，明明我們同年出生的。」

「沒辦法啊，誰叫妳是幼齒收集器，很容易招惹年紀小的男人啊！而且還沒一個是好東西。」小倫對於那些不珍惜我的男人非常厭惡。

但比起憎恨他們，我更不喜歡我自己容忍他們這樣對待我。

「都分手了，也沒有聯絡了。」我說。

「可是花在這些壞蛋身上的青春，是切切實實的。」小倫生氣地說。

我忍不住笑了出來，「妳是不是跟仁丰吵架了？今天晚上火氣這麼大，他又忙到沒時間了嗎？」

「是我忙到沒時間，然後他又要我有時間的時候要陪他，我時間都被他罷占了，連跟我媽講個話，他也非要湊熱鬧。他剛才跟我媽一起喝酒，現在喝醉了，在我家睡覺，我才能出來放風。」小倫說得既甜蜜又委屈。

我好羨慕。

「不要講他了啦！妳如果覺得子祺不錯，就要把握啊，聽說他們公司有不少女主管開始在倒追他了耶！」小倫一路上，不，應該是說從我們一見面，到她送我回家，她的話題始終離不開我和劉子祺。

以致於我回到家時，耳朵裡還有「劉子祺」三個字的幻聽，連凱茜也來湊熱鬧，傳了一則訊息，「聽說劉子祺不錯。」

我馬上關掉手機，假裝手機沒電。

這個晚上，因爲小倫的洗腦，我居然夢到馬子維和劉子祺全身赤裸地在床上嗯嗯啊啊的畫面，嚇得我起床時一身冷汗，覺得世界好可怕。

我全身無力地開始洗臉刷牙，再拖著頭昏腦脹的沉重身軀，換了衣服，拿著包包，走出房門時，看到馬子維穿著短褲和T恤，脖子上還掛了條毛巾，流著汗回家，很明顯地是剛運動完。

那流汗的模樣，和昨天夢裡他跟劉子祺在床上運動的樣子好像！我不能再這樣想像下去了，我怎麼可以這麼下流！我用最快的速度走到玄關，推開他，馬上穿好鞋子，然後奪門而出。

那個夢，眞的不堪回首。

一整天下來，我的公事只處理了一半。這中間娃娃煩了我一個多小時，不停質問我，想打聽昨天打電話來公司請假那個男人到底是誰。原本一個早上就能搞定的事，我花了一天的時間都做不到一半。下午三點多，我已經想回家休息了。

整個人癱在椅子上，什麼都不想做。

娃娃走了進來，看到我這個樣子，馬上過來摸我的額頭，「經理，妳沒事吧！還在發燒嗎？」

我無力地搖了搖頭，「沒什麼，只覺得很累。」

「昨天晚上沒有睡好喔？經理，難道昨天晚上你們……太累了喔？」她又來了，我眞的會被她氣死。

我嘆了一口氣，「妳的想像力怎麼會這麼豐富？」

「經理，我來公司都一年多了，妳一直都單身，好不容易有一個男生出現在妳身邊，拜託！我都忍不住要去放鞭砲了耶，我有一種嫁女兒的心情。」不誇張就不是楊娃娃，認識她也不是一天兩天的事了。

「妳不要想太多，那是我弟弟，是遠房親戚，從美國回台灣來玩的弟弟，OK？」我隨便掰了個理由。

娃娃整個人好像汽球洩了氣一樣，失望地說：「是弟弟？那還有什麼搞頭，無聊！那妳幹麼沒有睡好啊？」

「我昨天做了一個惡夢。」那對我來說真的是惡夢。

「什麼夢？」娃娃好奇地問。

「就……沒什麼啦！」這講了還得了，她一定會用盡全力把我推銷出去，因爲我太久沒有男朋友了。

我站起身，拿了桌上還沒處理好的工作，決定打破我不帶工作回家的原則，「我先走了，有事再打我手機。」今天晚上在家加班。

開車回家一路上，劉子祺打電話約我吃晚餐，但我實在累得完全不想動，只好再一次拒絕他。三番兩次放他鴿子，他反而很貼心地要我別介意，反正星期六就可以碰面了。

他眞的是一個很好的人，但我的心臟就是沒有辦法爲他狂跳，可能需要時間相處吧！我想。

回到家後，我看了一眼馬子維的房門，門下透出微微光線，應該是在家吧！但我不知道爲什麼會這麼累，我直接走回房間，和我手上的文件一起倒在床上，連套裝都沒換掉，我就睡著了。

希望不要再做那些亂七八糟的夢了，心裡默唸第三次之後，我就失去意識，完全沉睡。再次醒來時，是馬子維在叫我。

「有事嗎？」我躺在床上不想動。

「妳媽打電話找妳。」他在門外說。

我在房間裡接起分機，我居然睡到連室內電話響都沒聽到。「媽！」

「妳怎麼現在在睡覺？現在才七點，妳是不是身體不舒服？」老媽擔心地問。

「沒有啦，最近工作比較累。」我隨便說了一個理由。

「就叫妳回自己家公司工作，老是不要，每次都工作得這麼累，媽會捨不得。」老媽眞敢講，她也只有一次開口叫我回家工作，就大學畢業後，她告訴我，要是找不到工作，就去自己家公司上班，之後就沒有聽過半次了，捨不得這三個字根本就是玩笑話。

我聽不下去，「怎麼了嗎？妳要回來了嗎？」我心裡懷抱著一點點期待。

「沒有啊，只是想妳，給妳打個電話。子維還好嗎？昨天妳馬媽媽跟我要了妳的電話，如果馬媽媽打電話給妳，妳可不要在馬媽媽面前罵她兒子啊！」老媽交代著。

「知道啦！我是那種沒有禮貌的小孩嗎？」眞希望馬媽媽親眼看到她兒子是怎麼對我的。

又聽了老媽廢話一堆之後，她才肯放過我。

被她這麼一吵，我睡意完全消失，只好起床，換掉身上發皺的套裝，好好地洗個澡。洗完澡，整個人精神氣爽的，決定努力把帶回來的工作做完。

❄

原本我很專心工作的，卻因爲門外一直飄進來的香味分神，只好先丟下工作。一打開房門，客廳桌上居然有三菜一湯。馬子維穿著圍裙，拿著兩碗飯從廚房走了出來，旁邊還跟著一臉貪吃的ＬＶ。

現在是我在做夢嗎？

「吃飯了。」他淡淡地說，把飯遞給我。

我恍神地坐到沙發上，拿著飯，看著坐在我旁邊的馬子維，覺得一切很不真實。前兩天還像個冰塊，今天居然煮飯要給我吃？

他挾了一口番茄炒蛋放在我碗裡，「妳忘記筷子怎麼拿了嗎？需要我幫妳換湯匙嗎？」

我回過神，馬上拿起桌上的筷子開始吃飯。雖然蛋炒得太鹹、菜炒得太油、肉滷得有點老，蛤蜊湯裡蛤蜊很小，但比起只會煮泡麵的我，他根本可以去上型男大主廚了。

吃到一半，我才驚覺：這些東西是哪裡來的？我冰箱裡根本沒有放過這些東西啊！唯一會不定時補貨的生鮮食物就是蛋，其他是哪裡來的？

「這菜是你去買的嗎？」我問。

他點了點頭。

「你坐計程車去的嗎？」從家裡去大賣場，開車也要需要十到十五分鐘。

他搖了搖頭，「Tiffany 載我去的。」

Tiffany 是嗎？想到前兩天她那個模樣，我飯都快吃不下了。

「你從美國回來，身上有台幣嗎？」如果這些菜是 Tiffany 結帳的，我就去廁所催吐，我講眞的！

他喝了口湯，「我有信用卡。」

「你有信用卡？那爲什麼那天不自己結帳？」我忍不住問，還好意思讓我幫他結帳買筆記型電腦，兩萬多耶。

「我是客人。」他又夾了一口菜往嘴裡送。

「你的邏輯很奇怪耶。」我實在弄不懂他。

他喝完碗裡的湯，之後把碗放下，對著我說：「我也覺得妳很奇怪。」然後起身往房間走，邊走邊說：「我煮飯，妳洗碗。」

可惡！這傢伙，最好不要有把柄落到我手上。

我收拾好碗筷，碗洗好，放進烘碗機，洗了點櫻桃，不打算叫馬子維一起吃。我從房間拿出工作，舒服地窩在客廳沙發上開始奮鬥。

過了不久，馬子維走出來，對我說：「我需要一個台灣的電話卡，但好像要台灣身分證才能辦，我沒有台灣身分證。」

現在是要求我的意思嗎？我心情大好。

我笑咪咪地說：「那你叫我一聲采雅姊姊，我就幫你辦。」

他很冷淡地看了我一眼，接著轉身走回房間。我笑得倒在沙發上，如果每一次都是我輸的話，這世界也太不公平了。

接著他又走出來，拿著他的 iphone，站在我面前按了幾下，然後遞給我。螢幕上是一段影片，主角是躺在床上的我，正神智不清地唱著歌，難聽到我自己也聽不出來我唱的是什麼。凱茜就曾經說過我是真人版海牛，樣子好好的，但一開口就跟殺豬一樣。

我看著影片差點崩潰，這不是那天我喝到不省人事的時候嗎？我馬上用最快速度刪掉它，「你幹麼拍這個？」我生氣了。

「妳整整唱了一個小時，能不錄下來給妳自己聽看看妳有多會糟蹋人嗎？」他一樣是那個冷淡的表情。

「哼，反正我刪掉了。」我安心地說。

「我電腦有存檔，妳希望我傳到 YouTube 嗎？」他挑了眉說。

「不行！」我失聲大喊。

接著他笑了一下。我真的沒有看錯，相處幾天，第一次看到他笑。即使是嘴角微彎，我都可以看得出來，那是笑容。

他雙手抱胸，接著說：「不要上傳可以，妳要答應我兩件事。第一，幫我辦電話卡，第二，不准要我再叫妳什麼噁心的采雅姊姊。」

我都不知道我什麼時候手握緊成拳頭，好想打電話給凱茜，叫她幫我撂人喔！

我看著他，他看著我，所有時間空間都在流動，唯一靜止的只有我們兩個。三分鐘後，我認輸了。

我一定會想辦法，趁他不在家時把那段影片刪掉，絕對！

因爲輸了，我只好陪馬子維去辦電話號碼。應該是說他這樣欺負我，我還要用我的身分證去幫他辦手機號碼，我人眞的很好。

走到地下停車場繞了一圈，居然沒有看到我的車子。我努力回想我今天的行程，突然想起，「啊，我今天車子停在外面。」

他淡淡地看了我一眼，然後走到電梯前。雖然他的眼神跟以前一樣冷冷的，但我可以解讀出他的意思，那一眼是說：「妳眞的可以再誇張一點。」

進了電梯，我趕緊解釋，「你幹麼這種眼神，是因爲我回家前先去隔壁便利商店繳錢嘛，繳完我就直接走回來啦。」

電梯開了，他一樣是那一副「不用解釋太多，反正妳怎麼說都一樣」的表情。我跟在他後面，忍不住幫自己說話，「你難道都不會有突然忘記事情的時候嗎？更何況姊姊我有年紀了，本來記憶力就會變差啦！」

他突然停下來，轉過頭看著我，「妳是有年紀，不過，少用姊姊兩個字壓我。」說完又轉身往前走。

他那副模樣，就是我那已經去天上當神仙，最疼我的奶奶說的「死囡仔」！看著他的背影，我一直在心裡嘀嘀咕咕。

走出大樓門口，平常在這條街上撿紙板寶特瓶唯生的獨居老奶奶，突然走向前和馬子維打招呼，還拉著他的手，「少年仔，彼工眞正感謝恁。」

聽鄰居說，她有一個在美國當醫生的兒子，還有一個在義大利當服裝設計師的女兒，但沒有人要照顧她。哥哥把她踢給妹妹，妹妹再把她踢給哥哥，好像照顧養自己長大的媽媽會吃虧一樣。

老奶奶對人客氣，有餘錢還會做善事。八八水災的時候，大樓的住戶一起集資捐款，老奶奶拿了十萬塊給管理處，請管理處幫她匯錢給需要的人。所以大樓裡分類好的寶特瓶和紙類，管理處也都會直接交給老奶奶去賣，大家幫忙照顧她。

馬子維看到老奶奶，臉上帶著微笑，居然也講了台語，「阿媽，恁麥客氣啦！東西攏屋收好厚，櫃子擱屋搖來搖器某？」

老奶奶搖著頭笑著說：「今嘛伊就勇耶！」

我的台語程度十分低階，從他們兩個人的對話，我只勉強聽出是老奶奶家的櫃子和傢俱損壞，是馬子維幫她修的，所以她很感謝馬子維。

「眞正歹勢，乎你某營到半暝啊！」老奶奶說。

半暝啊？半夜？忙到半夜？難道是他跟我說去找朋友，很晚才回來，我們還大吵的那一天嗎？他來我家到今天才第五天，只有一次半夜回家，平常他也很少出門。

面對他善良地幫獨居老奶奶修理傢俱，我還莫名其妙對他發脾氣這件事，我覺得自己好蠢，他現在簡直就是背後長了翅膀，而我手上拿著惡魔叉，但明明我才是天使。

他和老奶奶打完招呼後，我們走到車旁邊，我忍不住想確認一下。開車門前我問他，「你那天不是去找朋友，而是去幫奶奶修傢俱嗎？」

他聳了聳肩，坐上車。

「那我問你的時候，你爲什麼不說？」我發動引擎繼續問著。

「沒什麼好說的。而且，如果說了，也拍不到妳這麼熱情忘我唱歌的畫面啊！」

可惡。

開著車，我一句話都不想說，他也把視線放在窗外，手頂著下巴，靠在車窗，眼角和嘴角都微微彎起，是在開心什麼？

我太生氣了，趁人之危，太卑鄙了！一氣之下，油門踩得更重，車速更快，然後發現他的嘴角更彎了。

「有這麼開心嗎？偷拍又威脅姊姊，這是不對的。」我說。

他轉過頭來看著我，「再加一條，不准再以姊姊的立場講話。」

「爲什麼？我年紀比你大，你本來就要叫我姊姊不是嗎？對姊姊要有禮貌，馬媽媽沒有教你嗎？」

「不是年紀大的女生我都要叫她姊姊。我媽告訴我，做人不可以太隨便。」他語氣越平淡，我就越火大。

我才想要再說些什麼的時候，他的手機又傳出我那五音不全的聲音。我驚訝地問他，「我不是刪掉了嗎？」

他若無其事地說：「是刪掉影片了，但我忘了告訴妳，我把影片轉成 mp3，我都用這個來當鬧鈴，可以馬上醒。」

我被激怒，握住方向盤的手很故意不小心扭了一下，他的頭也很剛好地撞到了車門。我很開心，表面上還假裝很無辜地說：「對不起，剛剛有石頭。」

他瞪了我一下。

跟姊姊鬥？我在叛逆的時候，你還在喝奶啊！弟弟。

到了通訊行，發現美國買的手機沒有辦法使用台灣電話卡，所以他又選了一支白色的iphone4，花了十秒挑門號。

就是隨便選。

「你不挑好記一點的門號嗎？一五四七六九很難記。」我說。

他用鄙視的眼神看我，「我直接撥對方手機，他就會有我的號碼了。」

「那如果別人要打電話給你呢？」

「那就叫他先給我他的號碼，我撥過去之後，他就會看到我的號碼，這樣就可以打電話給我了。」他說。

我繼續說：「那如果對方剛好沒帶手機呢？」

服務小姐突然噗嗤一聲，笑著說：「先生，你女朋友好可愛。」

又來了，跟我哥出去，人家也以爲我是他女朋友，「他是我弟弟。」我說。

服務小姐又笑著說：「看不出來耶，妳看起來年紀還滿小的，而且妳是雙眼皮，弟弟是單眼皮，長得不像。」

女人到了三十幾歲，被稱讚美麗、漂亮，都不及「看起來年紀小」六個字。我得意地看著馬子維，他則是一臉不以爲然，拿出信用卡結帳，還很小氣地對小姐說：「不好意思，麻煩妳快一點，我趕時間。」

結完帳，我還在跟服務小姐聊天時，馬子維已經走出店外。我只好向服務小姐道歉，「不好意思，我弟弟個性比較急，先走了，再見。」

一上車，我提出我的疑問，「你趕時間要去哪裡？」

「離開那裡。」他說。

「爲什麼？」

「因爲小姐說話不老實。」

我在車上哈哈大笑。好吧，如果現在的和諧是那一天打完仗的結果，那我只能說宿醉很值得。

然後他又若無其事地用原本的手機播了我唱的歌問我，「妳眞的忘記自己在唱什麼嗎？爲什麼會完全聽不出旋律？」

我的笑容僵住，把視線放在前方，對他的問話充耳不聞。人都是有缺陷的啊！我就是音痴不行嗎？

回到家，我抱著ＬＶ在客廳繼續處理我未完成的工作。但事實上，我根本沒有在工作。我看著馬子維走進廚房後面的洗衣間，抱著洗好的衣服走回房間，再看到他走到陽台，替老爸拿來放的植物澆了點水。我一直覺得那是雜草，所以從來不管它。

接著他又拿了ＬＶ的餐具到廚房清洗完晾著，對我這裡喊了一句，「小咖！」ＬＶ就從我旁邊跳下去，跑到馬子維旁邊猛搖尾巴！

「小咖是什麼東西？」爲什麼叫ＬＶ小咖？

「因爲牠是咖啡色的。」他一整個理所當然的語氣。

我深呼吸一口氣，好平靜我被「小咖」兩個字惹火的心情。「牠叫ＬＶ，你高興叫牠ＬＶ還是小Ｖ都沒有關係，不准再叫牠小咖。」

他看著我，無所謂地聳聳肩，接著對ＬＶ說：「小咖，你該上廁所了。」便帶著牠到陽台去晃。

我的眼睛因爲再次聽到小咖兩個字噴火。我一定要找機會，把他電腦裡那段影片，還有他的手機鈴聲刪掉，讓他不能再威脅我，我才有勝算。

不到五分鐘，他帶著ＬＶ進來。ＬＶ跳上沙發，窩到我旁邊。眞是媽的好女兒，還知道要回來找媽媽。馬子維則走回他的房間。

過了十分鐘，他的房門都沒有動靜，我躡手躡腳地走到他房間外，把耳朵貼在門上。客廳旁邊的書櫃玻璃門倒映出我的蠢模樣，連我自己都想笑了，人生這輩子第一次偷聽。

我聽到裡面傳出微弱的水聲，難道他在洗澡？如果是，那正是我刪掉檔案的最好機會。我的心我的脾我的胃我的肝我全身的毛細孔都在熱血沸騰，刺激。

我走到客廳桌子旁拿了一枝筆，從底下的門縫滾進去，假裝筆是不小心掉進去的，十秒後，裡面依然只有微弱的水聲，got it! 他眞的是在洗澡！

我小心翼翼扭開門把，試著不發出聲音。房間還是像我上次看到的一樣乾淨，電腦是開著的，我趕緊衝到書桌前，想找出影片儲存在哪裡。我把每個資料夾都點開來看，可是找不到有什麼影片。

時間緊迫，越找越慌，最後我放棄電腦了，決定先刪手機裡的檔案。我離開書桌前，開始用眼睛找他的手機，結果居然放在床上，被棉被蓋住，露出一角。我開心地拿了起來，卻發現要輸入密碼。

我亂試了什麼○○○○和八八八八，都解不了鎖。既然這樣，還是我乾脆直接把手機砸壞？這樣是不是更快？

咔！

我還在思考要不要執行時，他居然從浴室出來了，下半身圍著浴巾就這樣出來了！他手上拿著一條毛巾在擦頭髮，臉上的五官很立體地出現在我眼前。該有的事業線什麼線他有都有，膚色又很健康，總之，我不自覺吞了一口口水。

他看到我在房內，一臉驚訝，又看到我手上拿著他的手機，驚訝的表情消失，換上抓到賊的表情，然後開始調侃我，「這是傳說中的現行犯嗎？」

我看著他，一句話也講不出口，除了心虛之外，開始覺得我的臉在發燙！

「手機還我。」他說。

我清了清喉嚨，「不要。」快步走到窗邊，把拿著手機的手伸到窗外，「快點把電腦裡的影片刪掉，我就把手機還你。」

他一臉無所謂，「妳丟吧！反正電腦裡還有轉存的 mp3 檔案和影片檔，不要忘了我剛剛才買了一支新手機。」

可惡！

他走到電腦旁邊，不到三十秒，我那如海牛般的歌聲和宿醉的糗態，在電腦螢幕上被播放出來，我看了眞的要腦充血。

「那我丟電腦，我寧願再買一台新的給你。」說完，我往前衝。

他用很快的速度搶下我手上的手機，又要一把拉住我，不准我靠近電腦。拉扯之間，我的腳撞到了床腳，硬生生地跌到他的床上。不！應該說是跌到他的……身上！然後在那○．○一秒的當下，我的嘴唇不小心刷過了他的嘴唇。

他愣了一下。

我被那○．○一秒間發生的事，嚇得完全說不出話來。呼吸之間，都是他身上沐浴乳的味道。急忙地想從他身上離開，然後又一陣混亂。當我從他身上爬起來，站到地面的時候，我看見他一臉無奈地躺在床上，臉上被我的指甲劃破了兩道，上半身也有一條一條的抓痕，都可以在上面玩井字遊戲了。他下半身的浴巾，不知道什麼時候……掉、了！

我的下巴也要掉了。

他躺在床上，嘆了好大一口氣，而我深吸了一口氣之後，馬上衝回房間。這大概是我活了三十年以來，跑得最快的一次。鎖上房門，我趴在床上，好想大哭。

只是想刪個檔案，怎麼演變成亂倫。

我發現我再不告訴任何一個人，我一定會先發瘋、崩潰。本來想打電話給人在台灣的小倫，但又想到她極力撮合我和劉子祺，如果讓她知道有另一個男人住我家，我肯定被她罵到臭頭。所以我只好打給凱茜，花了十分鐘，把這幾天發生的事全部講過一次。

凱茜聽完，在電話那邊大笑，笑得像殺豬一樣的聲音。

「妳這樣我很難過耶，妳知道我現在有多驚慌失措嗎？」我忍不住抱怨，明天要怎麼面對馬子維，這對我來說有多棘手，她居然還好意思在那裡笑得這麼大聲。

「對不起，但真的很好笑嘛！我好想看看妳看見他裸體時你們兩個的表情，一定很精采。」她又繼續笑。

我嘆了一口氣，「我這輩子最丟臉的大概就是這件事了。」

「顧采雅，妳對那個弟弟有意思。」凱茜突然停止了笑聲，很嚴肅地說。

我差點沒被自己的口水噎死，「咳咳，怎麼可能，我大他四歲，四歲耶！我在上學的時候，他還在喝奶耶。」

「妳交的男朋友不也都比妳小嗎？」

「以前的男朋友最多也才小我兩歲而已，四歲太誇張了，我想都不敢想。他對我來說，就只是一個叛逆的小孩而已。」凱茜的想法，讓我整個人慌張了起來。

她笑了笑，「這不是小幾歲的問題，而且愛情來了，它就是來了。親愛的，差距十歲的愛就不是愛了嗎？妳眞的可以停止那種要找年紀比妳大的男人的想法，莫非定律四個字妳沒有聽過嗎？管他什麼規定什麼規則，對我們這種年紀的女人來說，感覺才是最重要的。才小四歲，有什麼關係。」

凱茜講得好像我眞的喜歡馬子維一樣。「好好好，不是年紀的問題，是我對他根本沒有那意思，我眞的只把他當小孩。」我澄清。

「那就好啊！妳就當不小心碰到小孩的嘴唇、不小心看到小孩的裸體，就是小孩子啊！妳幹麼那麼激動？」凱茜雖然這樣說，但語氣超曖昧。

「何凱茜！他對我來說年紀是小孩，可是身體是大人。」我忍不住反駁。

「哇，妳現在的意思是想要聊一下他的身材嗎？」

我眞的會被她氣死，「喂！妳眞的是……」

我都還沒有說完，凱茜就打斷我的話，「采雅，我們從第一天認識，到現在都十幾年了，妳在家人和我們面前，就是妳很眞實的樣子。對不熟的人，妳會保持距離，不會表現過多的喜怒哀樂，就是那個有禮貌、有氣質的顧采雅。記得大學時和妳住在一起四年的室友嗎？妳和她住了這麼久，她也不曾走到妳的心上啊！面對妳在乎的人，妳才會是最眞實的顧采雅。」

凱茜的話，讓我想了一整夜。我當然很清楚自己是什麼樣的人，我眞實的那一面，只有親近的人才會看到。但馬子維是親近的人嗎？我對他有意思嗎？

我有嗎？

❄

早上還不到六點，我就打算先溜出去，一點都不想和馬子維打照面。昨天晚上他的裸體……呃，不，他的臉一直不停地從我腦中閃過，還有那輕刷過的一吻。雖然凱茜說那只是四片肉碰在一起，但我還是會覺得尷尬。

一走出房門，我就全身起雞皮疙瘩，昨天發生的那些事，就這樣轟一聲全部湧上來，就連家裡的空氣，聞起來都是馬子維身上沐浴乳的味道。我幾乎是用跑的衝出家門，我家好可怕，一切都讓我聯想到馬子維。

到了公司，爲了不再想起那些，我很努力把心思放在工作上，但我只能說這是我自己一廂情願，三不五時，那些畫面就會冒出來一下，嚇得我一下子不是丟筆就是敲打鍵盤。坐在外面的娃娃看不下去，直接走進來，拿走我手上的筆。

「經理，妳要不要休息一下？這次大老闆給妳的任務有這麼難嗎？我覺得妳好像快要發瘋了耶，一整個早上都這樣，我會擔心。」她從我桌子旁的第二個抽屜裡拿了顆維他命C給我。

我搖了搖頭，工作上的事不難，難的是心裡的事。

「沒事，妳快去忙吧！」我說。

娃娃點了點頭，「累了就休息喔，想要喝什麼吃什麼再告訴我。」

我微笑，感謝她的貼心。

沒想到才關上門不到一分鐘，娃娃又衝了進來，一臉好像外面天塌下來的樣子。

「怎麼了？又是哪個部門和哪個部門的搞婚外情了？」我抬頭看，她的臉上分明寫著「八卦」兩個字。

「經理，有一個帥哥找妳耶，是帥哥，真的帥，不輸我家阿風的那種帥哥。」娃娃興奮地講，像中千萬發票的那種興奮，我耳膜快被震破的那種興奮。

「妳好誇張。」我忍不住說。帥不帥是其次，重點是，這個時間怎麼會有人找我？

被娃娃拉到會議室，她幫我關門前還露出曖昧的表情。我真的快要被她笑死，怎麼會比我媽還要擔心我嫁不出去。關於我家小孩結不結婚，老爸和老媽一直抱持著隨緣的態度，所以老哥才會放肆這麼久，我才會單身那麼久。

一轉身，看到的人是劉子祺。我當然不會問他怎麼知道我工作的地方，因爲不是小倫就是仁丰說的。我好奇的是，「怎麼來了？」

他爽朗地笑著，「剛到附近開會，想說過來看看妳。昨天沒睡好嗎？怎麼臉色不太好？」

他的笑容燦爛得跟外面的太陽沒得比，讓人看了又舒服又溫暖，「有一點沒睡好。」我微笑著說。

他遞了手中的袋子給我，我好奇地問：「這是什麼？」

「朋友開的咖啡店現煮的手工咖啡，很棒，希望有提神的作用。」

「謝謝。」

「明天要去集集玩，還記得嗎？」他繼續說。

我點了點頭，可是心裡其實幾乎要忘記了。這幾天發生太多事，眞的想了東就忘了西。

「郊外蚊蟲比較多，記得穿長袖上衣，才不會被蚊子叮。」他很貼心地交代很少到野外玩的我，提醒著該準備什麼、注意什麼。

我聽得迷迷糊糊快要睡著。

他突然笑了出來，「妳昨天晚上眞的沒有睡好，我還是第一次遇到聽我講話會想睡覺的人。」

好糗，我低下頭，覺得很不好意思，「不好意思啦，最近工作眞的很多，所以比較累一點。」我看著他有一點受傷的臉，趕緊道歉。

「不要道歉，我覺得很可愛。」劉子祺又露出潔白的牙齒，怎麼會有人可以笑得這麼和藹可親？

他走過來拍拍我的肩，「晚上早點睡，明天會有驚喜喔！」

「什麼驚喜？」我很好奇。

他帶著神祕的微笑，看起來不打算說的樣子。我才想再繼續追問，娃娃就拿著我的手機衝了進來。

「不好意思打擾了，經理，妳手機一直響。」

「采雅，妳忙吧！明天見。」劉子祺沒等我說再見就走了。

還來不及解決心中的問號，就只能看著劉子祺漸漸走遠的背影。我趕緊接起電話，電話那頭卻是我沒聽過聲音。

「請問是采雅嗎？」一道陌生的女聲穿進我耳裡。

我很疑惑，但還是回答著，「是，請問妳是？」

「不好意思，妳在工作吧！不應該打擾妳的，一直以來都很想撥個電話給妳，我是子維的媽媽。」

瞌睡蟲在馬媽媽表明身分那一刻全部嚇跑了。我拿著手機的手都在微微顫抖，完全不知道自己爲什麼要覺得緊張，「妳好。」

馬媽媽笑著說：「我們子維是不是給妳添麻煩了？聽淑媛說了一些，眞的對妳非常抱歉，這孩子以前眞的不是這樣的，他脾氣好又貼心，不曉得爲什麼會在這幾年變了個人似的，對我還是很好，只是不知道爲什麼，淨是跟他爸爸唱反調。」

老媽該不會把我跟她講的全都告訴馬媽媽了吧！選好的講就好，別把我歇斯底里的樣子講出來。

我清了清喉嚨，趕緊回答，「馬媽媽，妳別這樣說，他沒有給我添麻煩。」

才怪，他才來幾天，我就失眠了好幾次。

「眞的嗎？他一直說要回台灣，但我不放心，後來他答應我會住在你們家，有個照應，我才會同意他回台灣的。畢竟沒有親戚在那裡，也只就有淑媛和明鋒哥可以幫忙，眞的辛苦你們了。」馬媽媽的聲音好溫柔，跟老媽那種高八度的聲音是天壤之別。

「不辛苦，只是怕子維住得不習慣。」我居然叫他「子維」，講出這兩個字，我都覺得要吐了。

太不習慣了。

「不會的，眞的很謝謝妳，我希望他在台灣生活可以快樂一點。」馬媽媽擔心地說。

這讓我越來越好奇馬子維的改變，都二十幾歲了，應該不是青春期在叛逆吧。這幾天相處下來，我當然知道他不是壞人，但人會改變，一定是經歷了什麼。

我們總是不停地在經歷什麼，然後消化什麼，再變成什麼都不怕的我們。

那馬子維呢？那些什麼，他好好消化了嗎？看樣子是沒有。

「采雅啊！如果我們子維對妳不禮貌，請妳多擔待點，或者是打電話告訴我也沒關係，我一定會教訓他。」馬媽媽裝凶的聲音很可愛，小貓在裝老虎的樣子。

跟我媽那種裝小貓的眞老虎完全不一樣。

道了再見，我回到辦公室，坐在位子上，繼續走神，整個腦子想著想著，都不知道在想什麼，混亂到了極點，眼睛一閉，我就睡著了。

直到聽到簡訊的聲音，這才讓我醒了過來。

一睜開眼，發現我辦公室外面燈都暗了，看了手機，才發現已經晚上七點多。時間過得眞快。我趕緊檢視簡訊內容。

是馬子維傳來的，「回家吃飯。」他說。

我看著手機，掙扎著要不要回家，因爲我還沒有做好面對他的心理準備。不知道他對昨天發生的事怎麼想，我嘆了好重一口氣。

唉，要嘛就躲他躲到老哥回來，要嘛就鼓起勇氣。搞不好他一點都不介意，只有我自己想太多。

十分鐘後，我整理好東西，拿了包包準備回家。想到要躲他躲到他離開，我竟發現內心湧出一股很重的遺憾，所以我決定面對。

一回到家，就看到他把炒好的菜放在桌上。看到我回來，只是淡淡地說：「湯快好了，很快就可以吃飯了。」

「喔。」我回答後，很快速地回房間，還是有一點尷尬，不知道該怎麼面對他。

換好衣服，我走出房間，他剛好從廚房走出來，拿了兩碗飯，一碗遞給我，一碗放在桌上，對我說：「趕快吃飯。」

我看著他的臉，右臉頰還有昨天被我指甲劃傷的兩道淺淺的紅色傷痕，昨天晚上眞是一場災難。

「你的臉還好嗎？」我問。

他聳了聳肩，表示無所謂。

但我還是起身到電視櫃前拿出醫藥箱，再走到他面前，「如果留疤了，我是不會負責的，所以還是擦一下藥好了。」

他笑了，然後坐在沙發上。

我拿起棉花棒，沾了點消毒藥水幫他擦傷口。我的眼睛看著他的傷口，他卻一直看著我，搞得我很不自在，手微微地顫抖。

「妳緊張什麼？又不是在開刀。」他開玩笑地說。

我氣自己的弱點被發現，惱羞成怒，「閉嘴、閉眼睛！」

他乖乖地閉上眼睛。我換了新的棉花棒，再拿出面速力達母。反正媽媽說不管哪裡痛，擦這個就對了。

邊上藥時，面對著他，看到他的嘴唇，又想起昨天不小心的那一個碰觸，總覺得他嘴唇上的溫度好像還留在我嘴唇上一樣，溫溫的，我整個人心臟又開始跳得飛快。

「妳不會偷吻我吧！」他突然出聲，我被嚇了好大一跳，動作都停住了。

他突然睜開眼睛看著我，我開始不知所措。「妳的臉怎麼那麼紅？難道妳剛剛眞的有那個打算？」

我氣得挖了好大一坨面速力達母抹在他嘴上。

他嚇得衝去廚房洗嘴巴，不到兩分鐘出來對我吼著，「妳現在是謀不到色就想害命了嗎？我眞的有吃到耶，會不會死啊？」

我沒好氣地瞪著他，「面速力達母本來就可以吃的，好嗎？」

「眞的嗎？」他疑惑地問。

「當然是眞的啊，小時候我最喜歡吃的就是吐司夾面速力達母。」我回答。

他鬆了一口氣，「還好，但是我覺得不好吃。」

我在心裡大笑了千萬遍，去廚房洗個手後，回到沙發上吃飯。他站起身，動手解開身上的圍裙。他脫下圍裙時，我下意識地趕快閉上眼睛。不知道爲什麼反射動作會這麼強烈。

他突然笑出來，「妳放心，我不會笨到再讓妳免費看第二次。」

我睜開眼睛，看他那個似笑非笑的得意表情，覺得自己很丟臉，拿起飯就拚命吃，不想理他。

他幫LV倒了飼料，洗過手，坐到我旁邊。我全身不自在，他倒是自在得不得了，打開電視看著新聞，吃得很開心。

他都不在意了，我突然想不通我到底有什麼好在意的。再怎麼樣，我吃過的飯都比他吃過的鹽多，雖然我不知道他交過幾個女朋友，但再怎麼樣，我也交過四個男友，我爲什麼要覺得不好意思？我爲什麼要覺得尷尬？

這麼一想，心裡舒服多了。

他舀了碗魚湯，放到我面前，「沒有蔥也沒有薑絲，妳等涼了再喝。」

我驚訝地看了他一眼，上次吃肉燥飯時，他看出我不吃蔥，但他怎麼知道我連薑絲都不愛？

就想到馬媽媽說的，他其實是個很貼心的小孩，只是某些事改變了他。我忍不住想問他爲什麼會改變。

「你和你爸爸爲什麼會吵架？」我小心翼翼地問。

他身體一僵，臉色變得凝重，跟剛剛叫我喝湯的表情差了十萬八千里。過了十秒後，他才緩緩地說：「妳以後不要再問這件事，我不想說。」

他的語氣很嚴肅，恢復到我第一天見到他時，他那種一說話就可以凍死人的樣子。

「我只是想說，也許我可以幫上忙。」我解釋著，以前我也是困在自己的死胡同裡，因為老哥的一句話才清醒。

他放下碗，很不高興，「有些事情，是連上帝都沒有辦法幫忙的，不要覺得自己可以變成神。」

「我沒有那個意思，只是……」還想說些什麼的時候，玄關的對講機響了，我起身接了起來。

一樓大廳管理處的人員說：「顧小姐，打擾妳了，有位安琪拉小姐要找馬先生，她現在在一樓大廳。」

「安琪拉？」我疑惑問著，她是誰？

馬子維聽到安琪拉三個字，站起身走過來，從我手中接過對講機話筒，對管理處人員說：「我馬上下去，你請她稍等一下。」

他回房間換了件衣服，拿了手機之後，看也不看我，邊穿鞋子邊說：「妳先吃吧！」然後開門離開。

足足有兩分鐘的時間，我站在原地，不知道該說些什麼。

他離開之後，我坐回沙發上。吃飽的LV跳上我旁邊，我摸著牠，對於馬子維剛剛的回答覺得很受傷，委屈得好想流眼淚。我一直忍住眼淚，明明是想關心他，沒想到他的反應會這麼大，還有……那個安琪拉又是誰？爲什麼會知道他住在這裡？一堆問號襲擊我。我什麼都不想吃、什麼都不想做，坐在沙發上，就這樣過了一個小時，也猜測她的身分猜了兩個小時。

房間裡，我的手機響了，我回房間接了起來，是小倫打來的。

「聽說子祺今天去公司找妳了，呵呵，開心嗎？」小倫笑得超像媒人婆。

「他只是剛好到附近，所以就過來了。」我說。

「這樣也是有心啊！哈哈哈，很好很好，晚上早點睡，我們明天早上七點去妳家接妳，呵呵呵呵呵。」笑完她就掛掉電話。

我眞的是被她打敗。

爲了轉移自己的注意力，我先泡了個澡，還敷了臉，也把明天出門要帶的東西準備好了。走出房門，屋裡還是空蕩蕩的，他……馬子維他還沒有回來。

最後實在忍不住，不想再待在家裡。我把桌上的飯菜整理好，抱著LV想到樓下散散步。大廳管理員看到我，向我打了招呼，「顧小姐，要去散步嗎？」

我強扯著嘴角，微笑地點點頭。

才剛走出大門，就看到旁邊的便利商店前面，馬子維和另一個女生正站著談話。那應該就是安琪拉了吧！她長相甜美、身材修長，應該有一百七十公分，那可是我夢想中的身高！打扮也很有品味，穿了亞曼尼最新一季的洋裝，站在馬子維旁邊，兩人的模樣很登對。

我的眼睛像被吸住了一樣，無法從他們身上移開。

馬子維臉上沒有過多的表情，女生表情很豐富，一下子難過一下子笑，後來還伸手拉住馬子維，不停地講話。馬子維沒有掙脫，這讓我的心難受了一下。

接下來的畫面，讓我整個人幾乎無法呼吸，因爲我看到安琪拉吻了馬子維。我想，這才是貨眞價實的接吻，和我們這種四片肉碰在一起的情景完全不一樣。

我呆住，手一鬆，ＬＶ就從我懷裡跳了下去，然後直直地往馬子維的方向衝去。安琪拉被嚇一跳，往後退了一步。我的呼吸恢復正常，ＬＶ不停繞著馬子維轉圈圈，他則是往我這個方向看，眼神複雜。

我的心情也很複雜。

我趕緊走過去抱起ＬＶ，三個人看著彼此，一句話也說出來。最後還是由馬子維先出聲，「顧采雅、安琪拉。」他簡單地替我們介紹了彼此的名字。

安琪拉對我微笑了一下，接著說：「原來妳就是采雅姊姊，我是子維的女朋友，謝謝妳照顧子維。」

女朋友三個字幾乎讓我石化。我無法在這裡多待一秒，彎下腰抱起LV，用我僅存的一點點冷靜，勉強笑著說：「不客氣，你們聊。」

然後用最快的速度轉身離開。

我發現了一個連自己都不想承認的事實，我對馬子維的在乎，比我原本想像的多了很多很多。

回到家，我走回房間躺在床上，眼角滑落的，是我好久不見的淚水。沒有察覺的心動，在一瞬間變成心痛。愛就是這樣，總是變化得讓我措手不及，一直盼望著愛的我，也許根本不適合愛。

在我哭得迷迷糊糊時，馬子維敲了我的房門，「睡了嗎？」

我沒有回答，假裝自己聽不到，假裝自己什麼感覺都沒有。因爲現在開始，我也只能假裝。

三分鐘後，我聽到他走回房間的腳步聲。

是啊，他應該在那裡，而我應該在這裡。

❄

清晨六點，小倫打電話叫我起床，但事實上我根本沒睡。想到自己現在整顆糾結不清的心，我本來起了念頭，想逃避今天的出遊，但小倫一大早開心的模樣，我說不出「不去」兩個字。

稍微整理一下，把長髮紮成馬尾，換了條短褲，穿著簡單的 POLO 衫。拿著整理好的包包，到玄關穿了運動鞋後，馬子維的房門我連看也不想看，轉頭開了門走出去。

下樓後，沒多久，就看到劉子祺開著一台休旅車，旁邊坐著仁丰，小倫則從後座敞開的窗戶開心地對我搖手，「采雅，早安！」

看到好友，心情愉快了一點，我也笑著對她揮手。

一上車，小倫看到我的臉，失聲大叫，「顧采雅，妳都沒有睡喔？妳黑眼圈也太嚴重了，很誇張耶，工作有這麼累嗎？」

我馬上順著她的話點點頭，「有。」免得她一直問下去。

「那妳快睡一下，到了再叫妳。」劉子祺在前座說著。

我點了點頭，閉上眼睛。和他們見了面，我才開始有了倦意，覺得眼皮好重，身體好累。迷迷糊糊中，我聽到劉子祺請小倫拿條毯子幫我蓋上，我就這樣一路從台中睡到集集。

到了目的地，我們一下車，劉子祺馬上遞了個小麵包和一瓶牛奶給我，「先吃點東西，我們剛剛都先上吃過了，因為妳睡得很沉，所以沒有叫妳。」

「謝謝。」但我一點胃口都沒有，只喝了點牛奶。

接著，就看到劉子祺和仁丰打開休旅車的後車廂，取下一台又一台的摺疊腳踏車，最後，拿下一台白色車架的腳踏車。

劉子祺把白色腳踏車裝好，又加了個竹籃，然後把車子牽到我面前，「喜歡嗎？這個白色是我調的顏色，小倫跟我說過妳的身高，這個椅墊的高度，也是配合妳的身高算過的。」

我最喜歡白色了，什麼都挑白色的買。這台腳踏車的色澤好漂亮、好可愛，青青很喜歡騎腳踏車，她也有一台很可愛的腳踏車，每次都說要教我騎，結果她都去法國了，我還是沒學會。

小倫和仁丰不知道什麼時候消失了，留下我和劉子祺兩個人。我把麵包遞還給他，

「我現在沒有胃口，吃不下。」

他笑了笑，接過麵包，「還好嗎？妳從昨天看起來就不怎麼好。」

「沒什麼，只是太累了。」我說。

他依然笑著，「妳知道嗎？如果工作累，只有嘴角會往下，如果是心累的話，連眼角都會下垂的。」說完還指了我的眼睛。

我眼角下垂？難道這幾天沒睡，我老化了嗎？馬上從包包拿出鏡子，發現我的眼尾多了幾條皺紋。忍不住嘆一口氣，可惡，不知道要敷幾天面膜才救得回來。

劉子祺看著我，笑了笑，「開心一點，我不知道妳發生了什麼事，如果想說，可以告訴我。」

我點點頭，感激他的貼心。都出來玩了，我決定不再去想那些，今天就好好玩吧！

「我沒有騎過腳踏車，如果車子被我騎壞了怎麼辦？」我牽著這台漂亮的白色腳踏車，擔心它的下場。

「這台本來就是要送給妳的，不要擔心騎壞，我比較擔心妳受傷，所以等一下學的時候不可以逞強。」劉子祺走到我的旁邊說。

「好。」我點頭答應。

我發現劉子祺是一個非常有耐心的人，因爲他教了我一個多小時，我仍然只能騎兩下，對！就是他放手後，數一、二，我就摔了。幸好每次都有他從後面拉著我，所以我都沒有跌倒。

我是學得很輕鬆，但他滿頭大汗，衣服都濕了。再這樣下去，我擔心他會中暑。又是一下兩下之後，我對自己失去信心了，只好停下車，「休息一下好了，好累，沒想到騎個腳踏車，比開車難上好幾萬倍。」

他用手拭去額頭上的汗，笑容和他背後的陽光一樣，「不難，妳只是太緊張了，先休息一下吧！妳的腳應該很痠了。」

看到他滿頭大汗，我從包包裡拿出手帕，幫他拭去臉上的汗水。眞是難爲他了，陪我在太陽下晒了這麼久，結果我這個學生還是學不會。

「辛苦你了。」我說。

他笑得更開心，「不會，妳休息一下，我再去買個水。妳千萬不可以自己騎喔，等我回來。」

我點了點頭。

我坐在樹下等著。雖然太陽很大，風吹來倒是很涼爽。看到一旁的小妹妹，也在爸爸的指導下學騎車。小女孩摔了兩次之後就學會了，雖然騎得不太順，至少比我這個兩下的好上千萬倍。

小女孩的爸爸看到女兒只學兩次就可以騎得這麼好，開心地對著女兒的背影說：「妹妹，直直騎，手要放在剎車把手上，覺得快要跌倒的話，要剎車喔！」

女兒邊騎車邊大喊著回答，「好！知道了。」

「果然跟學游泳一樣，吃個幾次水就可以了，騎腳踏車還是要多摔兩次。」老爸眼神還是離不開女兒，自言自語地嘀咕起來。

要摔才學得會的意思嗎？所以我應該摔個幾次？

女兒騎著車子回來，爸爸又開始教她。我也牽起我的腳踏車，邊聽那位爸爸的解說，邊開始騎著。

先踩著踏板，然後坐上去，重心要穩，不要慌。小女孩往前騎了，這次我差點跌倒，不過我騎了不只兩下，至少有五十公尺。好開心，也慢慢找回自信心。

第四次挑戰時，看到劉子祺拿了兩瓶礦泉水，正從遠處走過來。我開心地喊他，想讓他看看我這個學生有多厲害，結果一分心，車頭一晃，我也來不及剎車，整個人就跟著車子倒向右邊，還滑行了一下。

好痛，痛死了。

劉子祺跑到我旁邊，緊張地喊著，「采雅，妳還好嗎？」當然不好啊！這麼痛，我一度以爲我的手要斷掉了。

他把我扶到一旁，先用礦泉水沖洗我的傷口。我手上的血和泥土被水沖掉，才發現手肘上擦出了好大一塊傷口。再來就是我的膝蓋，水沖洗過之後，看見膝蓋的皮膚都被磨破了。

劉子祺看到傷口，有一點生氣，「爲什麼不等我回來再騎，跌出這麼大片的傷，是不是很痛？」

看到他緊張的樣子，我覺得很窩心，爲了減低他的罪惡感，我搖了搖頭，「還好，不會很痛。」

他看著我，五秒後說：「妳騙人。」

我笑了出來。他無奈地搖搖頭，拿衛生紙壓住我的傷口，「我去車上拿急救箱，妳在這裡等我，不要再亂動了，我很快回來。」

他眞的很快就回來了，前後不到三分鐘。這裡明明離停車場很遠耶，他不是用跑的，根本是用飛的吧。

他喘吁吁地幫我上完藥，跑來跑去，額頭和臉上的汗珠又冒了出來。看到劉子祺這麼眞誠的模樣，我卻想到了馬子維。如果在我心裡的是劉子祺而不是馬子維，那麼會是最好的結果。

但，最好的結果，通常都不會出現在我們的人生中。

上完藥，小倫和仁丰也回來了。他們看到我的手肘和膝蓋都包紮了，馬上衝到我旁邊。小倫緊張兮兮地說：「妳還好吧！怎麼摔成這樣？天啊，妳最怕痛的人，連打針都會哭，結果摔成這樣……」

小倫現在是想哭了嗎？「沒事啦，當下痛完了，擦過藥就好啦，我眞的沒事，而且我沒有哭。」我安慰著她。

「對不起，我沒有照顧好采雅。」劉子祺也向小倫道歉。

「不要這樣說啦，因爲你教我，我現在會騎腳踏車了耶。」我牽著腳踏車，還想示範給他們看，結果車子馬上從我手邊消失。

「不可以再騎了。」劉子祺邊說邊把腳踏車收起來，「絕對！」

我被他的認眞逗笑了。

接下來，我們就在集集到處逛、到處吃東西。劉子祺和仁丰事先都有做功課，帶我們去吃電視節目介紹過，連當地人都說好吃的豆花、香蕉酥，還有肉圓。雖然我的腳受傷了，走起路來有點痛，但還是玩得很開心。

正當我吃著香蕉酥，讚嘆沒想到香蕉可以炸得這麼好吃時，小倫拿了她的手機遞過來給我，「凱茜找妳。」

我很疑惑，凱茜爲什麼打小倫的手機找我？只聽見凱茜在電話那頭說：「妳手機怎麼都不接？」

我沒有不接啊，是一直都沒有聽見手機鈴聲。

「可能轉成震動了吧！」我也不知道。

「我又被我媽困住了，本來打算下星期回去，可能又要再多住一兩個月。妳上次說要買的那套衣服，我今天買到了。還有，妳說要幫顧爸爸買的保健食品，我明天會去買，先寄回去給妳。」凱茜說著。

我才不管衣服和保健食品，想到凱茜又要那麼久才回來，我的心都要碎了，很不甘願地抱怨，「好久喔！」

「沒辦法啊！我一說要回去，我媽就說她這裡痛那裡痛，我只好留下來陪她，不然妳申請特休，來美國玩好了。反正前兩個月妳去美國出差辦的簽證也還沒有過期啊！」

凱茜安慰著我。

我嘆了一口氣，「不要，去美國搭飛機要好久，我覺得好累。」

「那妳就乖乖等我回台灣吧！今天出去要玩得開心一點，知道嗎？」凱茜又叮嚀了一次。

「好啦。」我只好勉爲其難地答應。

還要孤單一陣子，想到這裡，心情都開始沉重，怎麼可能玩得開心一點？雖然小倫一直在旁邊安慰我，但我心裡的失落感，眞的不是她可以明白的。

回台中的路上，一上車我又睡著了。再次醒來，車已經停在我家門口，我睡眼惺忪地下了車。

劉子祺也下車，跟我說再見，要我小心傷口，洗完澡一定要換藥。叮嚀了很多，我都快要記不住了，我笑了笑說：「腳踏車可以放在我這裡嗎？我想找時間練習。」

「車是送妳的，但是妳要練習，一定要打電話找我，讓我陪妳，不然太危險了。」劉子祺邊說邊幫我把車子拿下來。

「好。」我笑著回答。

原本他要幫我把車子拿上去，我拒絕了，因爲馬子維還在我家。雖然受傷，但腳踏車很輕，摺疊過後又更輕巧，我單手都可以拿起來，更何況它可以直接拉著輪子就走，一點都不需要費力。

大家都累垮了，所以我也沒有吵醒小倫跟仁丰。和劉子祺說了再見，我就拉著腳踏車回家了。

一進門，馬子維就坐在沙發上看電視。原本我就心情低落了，一看到他，又更加低落。我把腳踏車先放在玄關，脫了鞋子，緩慢地走進房間。

我們連眼神都沒有交流。

我洗澡時，很小心地避開傷口。洗好澡，到客廳想要找藥箱，馬子維仍然坐在沙發上看電視。翻了客廳裡所有櫃子的抽屜，都找不到藥箱。客廳的氣氛眞的很怪，我也不想找了，直接回房間打算睡覺。

結果才剛躺上床，門外又傳來敲門聲。我不打算開，但馬子維敲門敲個不停，我只好起身，開門看他到底有什麼事。

他拿著藥箱站在我的房間門口，我一句話都還沒有說，他就走了進來，看著我說：

「爲什麼受傷了？」

我沒有回答，走到他旁邊，想從他手上拿過藥箱，但他把我拉到床上坐下，接著蹲在我面前，先慢慢拆掉我膝蓋的紗布。看到我的傷口，他皺了一下眉頭，開始幫我換藥。

他處理得很小心，不過消毒傷口時的刺痛，還是讓我忍不住握緊了拳頭。他邊擦藥邊問：「爲什麼不接電話？」

啊，說到電話，我白天在我的包包裡好像沒有看到手機。我左右看了一下，才發現我的手機躺在我的化妝鏡前，原來我今天一直沒有帶出去。

「我沒帶。」我淡淡地說。

換好膝蓋上的藥，馬子維拉過我的手，幫我拆掉手上的紗布。快換好藥時，他突然抬起頭看我，「我和安琪拉，不是妳想的那樣。」

我呆住了，我不懂他爲什麼突然之間對我說這個。

我看著他，他也看著我，十秒後我開口問他，「爲什麼要跟我……」後面的話還沒有講出口，他就吻上我了。瞬間我愣住，完全愣住了。當他的臉又回到我眼前聚焦，我還是愣著。

他輕輕拍了拍我的臉，「妳早點睡，明天再說。」接著就離開我的房間。

看著他離開的背影，我又發呆了半個小時。他和安琪拉的說法不一樣，我該相信誰？真的搞不懂馬子維耶，我覺得我有一天一定會發瘋。我把頭埋在枕頭尖叫，現在到底是什麼情形？

我叫到好累，什麼都不想再想。躺回床上，不到一分鐘就睡著了。

隔天醒來時，又是中午了。我坐在床上，想起昨天晚上的吻，覺得自己應該是作夢了，那一切太不真實。對，昨天晚上我應該睡了，那個吻應該是我自己作夢來的。

幫自己做好了心理建設後，我走出房門，發現馬子維正在陽台，好像是在處理我的腳踏車。我走上前去，看著他一下轉動腳踏板，一下拿著工具鎖緊螺絲，看得我眼睛都花了。

沒多久後，他抬起頭看著我，然後給了我一個微笑。我嚇了好大一跳，他居然也能笑得這麼溫柔。這種表情，我只在劉子祺的臉上看過，沒想到這種溫柔的笑容也這麼適合他。

「你在幹麼？」我問。

「妳這台腳踏車還不錯，要不是很懂腳踏車的人，不可能會買到這台車。而且，這台車應該是自行組裝的。」他專注地欣賞著腳踏車。

劉子祺公司就是製造腳踏車零件的，小倫也說過，劉子祺家裡收藏了不少名貴的腳踏車，沒想到這台車還有這麼多學問。

「朋友送的，沒想到你也懂腳踏車。」我淡淡地說。

他點了點頭，走進廚房洗手。我站在陽台，看陽光散落下來，氣溫雖然很高，但還算是舒服。

「妳反射神經少一條，還是少騎車。」馬子維不知道什麼時候走到我背後，靠近我耳邊說。

我嚇了一跳，轉過身，馬子維就站在距離我十公分的地方。這實在是靠得太近了，我用雙手打算推開他，他卻突然握住我的手，把我拉到客廳。

「怎麼了嗎？」他眞的是一個很奇怪的人，一下子這樣一下子那樣，我眞的搞不清楚他到底想怎樣。

他沒有說話。

我嘆了一口氣，轉身想離開時，馬子維突然說：「我爸有外遇，瞞著我媽，和別的女人有了小孩。」

我冷不防倒抽一口氣。跟別的女人有了小孩！這句話像炸彈一樣，轟的一聲炸開，我完全沒有辦法思考，唯一想到的，就是馬媽媽那溫柔的說話聲。我相信馬媽媽一定是個好女人，所以莫名地替馬媽媽難過。

我轉過身，突然覺得自己很過分。原來我一直問、一直想知道的，是馬子維心中這麼醜陋又不堪的事情。突然明白他爲什麼叫我不要多管閒事，因爲這眞的是我管不了，也插手不了的。

我一直挖著的，是他心中血淋淋的祕密。

「對不起。」我說。

他失笑地搖了搖頭，示意我不需要道歉。「這件事，連我媽都不知道。」

所以，他一直獨自承受這些事情？

他接著說：「準備升大學的那一年，我到爸爸的公司實習，才發現他每個中午都會消失。向祕書問了他的行程，祕書告訴我，爸爸從來不在中午安排行程。我覺得很奇怪，直到有一天眞的忍不住，跟蹤了他，才發現原來他一直過著兩個家庭的生活。」

我好訝異，嚇得嘴都闔不起來。老爸如果這樣，我一定會瘋掉。光是想到老媽會有多難過，我就快要沒辦法呼吸。

馬子維嘆了口氣，「在我爸還沒有跟我媽結婚時，他和那個女人就在一起了，還有了小孩。」

我幾乎無法相信我耳朵聽到的。怎麼會把感情的事搞得這麼複雜？

「馬伯伯知道你發現這件事了嗎？」我問。

他搖了搖頭。

「你不打算說嗎？」我繼續問。

馬子維看著我，沒有回答，或許該說他不知道怎麼回答。

是啊，該怎麼說？如果是我，能怎麼說？能怎麼做？我看著他，對於他承受的壓力感到心疼。

不自覺走到他面前，伸出手摸了摸他的臉。他拉下我的手，也把我拉進他懷裡。我抱住他，想分擔他承受的這一切。

門口的對講機又傳來鈴聲，我們放開了彼此。我走到玄關接起來對講機，大廳保全人員告訴我，安琪拉小姐要找馬子維。

剛剛那些熱情、不捨，一瞬間又沒了溫度。掛掉對講機，我淡淡地對馬子維說：

「安琪拉找你。」

現在是什麼局面？爲什麼這麼複雜？吻了我、抱了我之後，又有另一個女人找上門，而他又告訴我，他和那個女人不是我想的那樣。

我應該把他們兩個想成怎樣？

我覺得很煩躁，不想看馬子維的表情。回房間拿了車鑰匙，我打算出去晃晃。那一天晚上自己一個人在屋子裡等待的感覺已經嚇到我了，這一次，我不想再自己待在這裡，我會窒息。

才剛要踏出門，馬子維拉住了我，「妳要去哪裡？」

我甩開他的手，接著說：「你好好忙自己的事就好。」

然後，我頭也不回地轉身離開。

開著車，我隨便亂晃。雖然不知道該去哪裡，但去哪裡都比在家裡強。就這樣東晃西晃，也讓我晃到了晚上九點多。雖然是開車，也覺得好累了，決定回家休息睡覺，明天公司還有好多事情要忙。

本來按了電梯想直接上樓的，但覺得肚子有點餓，所以電梯到了一樓，我決定去便利商店買個麵包吃。卻沒有想到，才剛走出大門，就看見劉子祺拿著手機站在門口。

「你怎麼會在這裡？」我驚訝地問。

他轉過頭看到我，又露出他潔白的牙齒，開心地笑了，「我才剛要打電話給妳。」然後把他手上的一袋東西遞給我，「這是一些創傷藥，我今天早上打電話回美國問我媽，我媽是護士，介紹我幾種不錯的藥膏和藥，這樣妳的傷口比較不會留疤痕。」

我感激地接過他手上那袋藥品，「謝謝你，不過真的沒有那麼嚴重，今天已經不那麼痛了。」

他微笑著說：「不管怎樣，都是我沒有照顧好妳，才會讓妳受傷，不能再讓妳留疤痕了。」

我也笑開了，「吃過飯了沒有？」

劉子祺搖搖頭，「還沒，妳吃過了嗎？」

「我也還沒有，正打算去便利商買點東西吃。這樣好了，我請你吃飯，謝謝你教我騎腳踏車，還買了這些藥給我。」我舉起手上的袋子。

他點頭，「好，那我就不客氣了喔！」

「這附近有間火鍋店還滿好吃的，我們去吃火鍋好不好？」我問。

「當然好，我很好養的，一碗白飯加醬油，我都覺好吃。」他開玩笑地說著。

「我不會對你這麼壞，我會幫你加沙茶醬。」我也回敬他。

他開心地笑起來。我們兩個邊走邊聊天，劉子祺給人的感覺很舒服，相處起來很自在，不會令我感到拘謹，很可惜，對我來說，他就是朋友。

走到巷口，轉彎時，迎面走來的是馬子維和安琪拉。我停住了腳步，他也停住了腳步，他看著我和劉子祺，我看著他和安琪拉，難道他們今天都在一起嗎？忍不住在心裡苦笑，爲了一個和別的女人在一起一整天的他，今天鬱悶了一整天，我眞的是世界無敵大白痴。

我吸了一口氣，假裝沒看到馬子維，繼續往前走。和他擦身而過時，他拉住我的手，我嚇了一跳，停下來看著他，不明白他現在到底要幹麼。

僵持了五秒，我甩開馬子維的手，但他不放。我眞的沒有耐心，抬起頭問他，「到底要幹麼？」

他看了我一眼，然後再看著我身旁的劉子祺說：「跟我回家。」他對劉子祺的態度很不友善，眼神也很銳利，這樣對待我的朋友，太不禮貌了吧。

「我要和朋友去吃飯。」他這麼沒有禮貌，我眞的非常生氣，很用力地甩開他的手後，我拉著劉子祺往前走，把他和安琪拉兩個人留在後頭。

一團混亂。

「對不起，我……」走了一段路之後，我想向劉子祺道歉，但我不知道該怎麼解釋我跟馬子維的關係。我朋友？還是我弟弟？或是我喜歡的人？對你沒有禮貌，眞的很抱歉。

劉子祺微笑，搖了搖頭，「別說對不起，並沒有發生什麼事，不是嗎？不過，妳和他是……」

我嘆了一口氣，「他是我媽朋友的兒子，回台灣本來要暫住我家，可是我哥很沒有良心，把他丟給我，所以他目前住在我那裡。」

劉子祺驚訝地說：「只有你們兩個住在一起？」

我無奈地點了點頭。後來吃火鍋時，我們幾乎沒有再講過任何一句話。我安靜就算了，劉子祺也很安靜。也許是被我和一個陌生男子住在一起的事嚇到了，他應該對我很失望吧！

不到一個小時，我們就結束了晚餐。走回家的一路上，我們也沒有講話，他送我到門口，用意味深長的眼神看著我，好像想對我說什麼，又說不出口的樣子。

「你有什麼事要告訴我嗎？」我忍不住問。

他想了一下，搖搖頭，「沒有，妳回家早點休息，明天要上班了。」

我對他笑，點了點頭。

他也微笑著看我，但笑容中帶著點艱澀，我第一次看到開朗的劉子祺這樣的表情，很想問他什麼，又不知道該怎麼問。我在心裡嘆了一口氣，對他說聲再見，便走進大樓裡。回頭，還見他站在門口。

他微笑著對我揮了揮手。

我不是十歲，也不是二十歲，我是被這世界稍微磨練過的三十歲。即使不說，光是眼神，我都能看出不對勁。只是，這不對勁好像也不是我能處理的。

❄

帶著一堆莫名其妙的情緒回到家，馬子維正坐在沙發上。我沒有看他，打算回房間。他跟在我背後說：「我想跟妳談談。」

想到他和安琪拉，我就一點都不想談，「沒有什麼好談的。」

我準備關上房門時，他閃了進來，站在我面前。這讓我更生氣，「出去，我想休息。」我大聲說。

「不要跟他見面。」他沒頭沒腦地丟了這句話。

我眞的被惹惱了，「你有沒有覺得自己是個很奇怪的人？我要跟誰見面，和你有什麼關係？他是我的朋友，我當然會繼續跟他見面。」

「不要再跟他見面。」他又重複了一次。

「爲什麼？」到底憑什麼要求我不要跟誰見面？

「因爲妳是我的。」他看著我說。

神經病！全世界最沒有資格講這句話的人就是他馬子維。怎麼好意思跟別的女人在一起，還對我講這句話。「這句話，留著對你的安琪拉講，不要把我當白痴！」

「我和她眞的沒有什麼。」他再一次強調，又再一次把我當白痴。

「『沒有什麼』四個字不是用講的，是用做的。不要嘴裡跟我講沒有什麼，但又一直跟她見面，我不是小孩子。」我氣得大吼。

「我不會再和安琪拉見面，妳也不要再跟他見面。」他很冷靜地說。

「我爲什麼要聽你的？你現在馬上出去，我要休息了。」我想把他推出去，可是怎麼推他，他都不動，我眞的快氣死了。

好吧！既然他不打算出去，那我出去。我眞的受夠這一次，我打開房門要往外走，他又把門關上，把我拉到他身邊。我掙開他，要去開門，他又把我拉了回來。我氣得拿包包打他。

馬子維鬆開了手，我心痛得眼淚都快要掉出來。伸手要去開門時，他在我後面講了一句話，「那個人是我爸外遇生的兒子。」

我停住了。

劉子祺是馬爸爸外遇生的兒子？回過頭那一瞬間，我的眼淚也掉了出來。我看著他，不敢相信他講的這件事。

「你在開玩笑嗎？」我的聲音在顫抖。

馬子維臉色很差地說：「就是因爲我爸要把他弄進公司，我才氣得離開美國，沒想到他居然會來接管台灣的分公司。」

「所以你們認識？」

「不是認識，是我知道他是誰，他也知道我是誰，只是我們從來不揭穿而已，因爲我不想讓我媽難過。」

「那又怎樣？那是你和劉子祺的事，我不想干涉，但劉子祺是我的朋友，我還是會和他聯絡。」不管劉子祺是誰的兒子，他都是我的朋友。

馬子維看著我，不說半句話，一分鐘後，他走出我的房間。後來，我哭了一個晚上，這一切怎麼會變成這樣？

我只想要有個簡單的人愛我，我也只想愛著一個簡單的人，談著簡單又平凡的愛情，但現在什麼都不簡單。

隔天到公司，一大早就開年度會議，我沒有聽進任何一句話，被大老闆唸了好幾次，心情更低落了。回到辦公室，娃娃告訴我，我的手機響了好幾次。

拿起來一看，是老哥，還有劉子祺。

老哥我就懶得回電了，反正回了也是進語音信箱。我直接撥給劉子祺，他約我中午吃飯，說有些事想跟我談談，我答應了，我想是要跟我聊馬子維的事吧！

我們依然到對面的TOMATO吃飯。劉子祺坐在我對面，我們對視著，覺得有點尷尬。他突然笑了一下，開口說：「他應該告訴妳了吧！」

我點了點頭。

「對不起，妳應該很驚訝吧！」他突然道歉。

我連忙說：「你不要道歉，爲什麼要道歉？這又不是你的問題。我是很驚訝，因爲我沒有想過會這麼巧，這種巧合也是一種緣分啊。」

劉子祺看著我，微笑著回答，「我就是外面人家說的那種私生子，我並不怪我父親，相反的，我很感謝他。因爲某些因素，我父親和我母親並沒有辦法成爲夫妻，但我父親還是對我們非常照顧。」

從劉子祺的眼神，看得出來他是眞誠地感謝馬伯伯。

他接著說：「我知道子維和子樂是我的弟弟妹妹，有可能一輩子都沒有辦法知道彼此的弟弟妹妹，但子維到公司實習之後，好像感覺到了什麼。他對我一直都很有敵意，我並沒有怪他，我可以理解他的心情。」

「你人也太好了吧！」我忍不住讚美他。

想到昨天馬子維還在那裡跟我耍小孩子脾氣，叫我不准和劉子祺見面，結果人家劉子祺那麼爲他著想。我爲什麼要喜歡一個脾氣差又幼稚的人？

劉子祺聽到我的話，笑著搖了搖頭，「我一點也不好，我也曾經埋怨過爲什麼不能擁有一個正常的家庭。畢竟我和我母親的存在，還是傷害了他們一家人。」

「別這麼說，我媽常說，人生下來啊，都有自己應該存在的位子。更何況，人活著不就是威脅別人或是被別人威脅的嗎？」拿工作來說，不就是這種對應關係嗎？

「是啊！」他無奈地回答。

接著又是一陣沉默。劉子祺一臉想問我什麼又不敢問的神情，我看了，笑出來。

「怎麼啦？」他好奇地問。

「你是不是想問我什麼？」我說。

他笑得很傻，「妳怎麼知道？」

「因爲你臉上就寫著『我有問題』啊！」

他很不好意思地摸了摸自己的額頭，然後吸一口氣，鼓起勇氣看著我，「妳是不是和子維在一起？」

我本來要喝水的，又默默把水杯放下，搖了搖頭，「我們沒有在一起。」現階段我們只是「住在一起」吧！

「他看起來很在乎妳。」劉子祺這麼說。

我苦笑了一下，不知道該怎麼回應，我感覺不到馬子維的在乎。

「妳也喜歡他，對嗎？」好直接的問題。

我不知道該怎麼回答，想了很久。

我和馬子維之間有太多鴻溝，卻沒有幾座橋。我是喜歡他、我是在乎他，然而只有喜歡跟在乎是沒有用的，我們的距離還很遠，我不知道還要多久、什麼時候才能走到彼此面前，而走得到走不到，也還是一個問題。

他笑著對我說：「雖然我很喜歡妳，但如果情敵是我弟弟，我會讓步。」

我笑了笑，和劉子祺正式成爲朋友，小倫知道應該會氣死吧！

我們常常夢想自己有一條平順又快的路可以走，可是遇到十字路口時，我們總是挑到難走的，一邊走一邊哭，一邊跌倒一邊擦眼淚，也還是努力爬起來，繼續走。

和劉子祺吃完午餐，我回到公司繼續工作。不過我越是想專心，老天爺就越是想跟我開玩笑。

手機鈴聲在我專心不到十分鐘後響起來。

我嘆了一口氣，拿起電話，居然是老哥。錯過這麼多次，這次終於接到了。

「你打給我幹麼？顧先生，我們已經不是兄妹關係了喔！如果你有公事上的問題，麻煩你先跟我的助理聯絡。」一接起來，我很冷淡地說。

老哥在電話那頭，笑出一副像個老不修似的聲音，「唉唷，我最愛的妹妹，妳這樣對哥哥，我會傷心喔！」

「你有心可以傷嗎？你良心不是被狗吃了嗎？你怎麼有臉做出換掉自己家門感應卡，不讓自己妹妹回去的事情？還好意思說自己會傷心。」我繼續冷靜地說著。

「妹，別這樣，我這不是回來了嗎？子維我今天會帶回去照顧，妳不要再唸我了，我已經被老媽唸到快臭頭了，妳自由了好嗎？」老哥的話。讓我忘了還要繼續諷刺他。

因為他現在告訴我這些話的意思是：馬子維今天會離開我家，回去老爸老媽那裡，和我哥住在一起。

離開我家，離開我。

我說不出半句話，想的都是馬子維晚上要離開的事。

「老妹，我晚上過去接他，妳回家之後，就請他先整理一下，OK？」老哥說個不停，可是我完全做不出任何反應。

「顧采雅，妳有沒有聽到我講的？」老哥重複了一次又一次，「顧采雅！我也才晚回來幾天，妳有必要這麼生氣嗎？我在講話，妳連聽都不想聽，妳有這麼恨我嗎？」

「有！」我大聲說。

爲什麼不在我愛上他之前帶走他？爲什麼在他把我搞得這麼狼狽之後才把他帶走？我心裡突然間空了好大一塊。

幾乎沒有被我這麼吼過的老哥嚇了一跳，「好啦好啦，妳不要再生我的氣了，我會提早半個小時過去接他，這樣可以了嗎？」

他掛掉電話，我整個無力地躺在辦公椅上。

拿著手機，不知道該不該打電話給馬子維。要怎麼跟他說我哥晚上要接他回家住，要怎麼跟他說，我其實不希望他走。

一直到下午五點半，我手裡還是握著手機，然後什麼都沒有做。

老哥傳簡訊，告訴我他再半個小時後會到我家。嘆了一口氣，我拿起包包和外套，開著車回家。

一路上都覺得不安。

回到家，我敲著馬子維的房門，但他似乎不在。不到兩分鐘，門口傳來門鈴的聲音。我開門，老哥大剌剌地走了進來。LV看到老哥，撒嬌地在他身旁轉圈圈，老哥一把抱起牠。

「唉唷！我們的小VV真的很愛我耶，想我了喔？哥哥去了日本幾天，看來看去還是你最漂亮。」老哥真的連狗都要騙。

我懶得理他，進廚房打開冰箱，拿了瓶礦泉水喝。

老哥放下LV，也到廚房拿了瓶礦泉水，然後坐在沙發喝了起來，「奇怪，怎麼沒有看到馬子維，該不會被妳趕出去了吧？」

我沒有回答，現在根本不知道他去了哪裡，我甚至希望他先不要回家，等老哥等到不耐煩走掉了，他再回來。

但，心裡想的，和現實就是不會一致，門外傳來說話的聲音，老哥很雞婆地走過去開門，我看到門口站著馬子維和安琪拉。

當他們兩個人的身影映入我的眼裡，我全身血液凍住。

他居然把她帶回來？我不敢相信我的眼睛，跟我說他們「沒什麼」，居然帶著她回來。他等於是狠狠賞了我一巴掌，痛的是我的心。

「嗨，子維，不好意思，又要麻煩你跟大哥回去了，讓你搬來搬去，眞的很不好意思，不過接下來就不會這樣了。」老哥講著。

我可以感受到馬子維的眼神看著我。我沒有反應，就是站著，不想看他和安琪拉。

安琪拉開心地說：「這樣眞的太好了，不用在這裡麻煩采雅姊姊，畢竟男女單獨住在一起也不是很好。」說完，意味深長地看了我一眼。

我討厭那個眼神。

我老哥還附和安琪拉的話，「對啊，啊，不好意思，請教一下這位小姐是？」

安琪拉開心地挽著馬子維的手臂，「我是子維的女朋友，很高興認識你。」

「哇，是子維的女朋友啊？不錯喔，眼光很好。」我聽不進老哥的話，他的聲音就像風一樣，飄了就過了。

我轉過頭，對上馬子維的表情。他看著我，像是要把我看穿那樣看著我。昨天才跟我說他們沒有什麼，今天又一起出現，我該怎麼解讀？

最好的解釋，大概就是我是個白痴吧！

但是愚蠢也該有個限度，從今天開始，我們把一切歸零吧！就回到過去那樣，我一個人在一個人的屋子裡，過著我自己一個人的生活。

「我很累，先進去休息了，鑰匙留在桌上就可以了。」說完之後，我走進房間，馬子維的眼神還是緊跟著我。

門一關，把他還有我的那一顆心都留在門外。

「喂，顧采雅，妳怎麼那麼沒禮貌？人家……」老哥還在我房門外敲著門，怪罪我有失待客之道。

我當作沒聽見，躺在床上，蓋上棉被。我不知道自己哭了沒有，強迫自己閉上眼睛，什麼都不要想，不要想馬子維的眼神，不要想安琪拉勾著他手的模樣，不要想、不要想，只希望睜開眼睛之後，一切都沒有發生。

當我醒來的時候，已經是凌晨三點半了。我氣自己爲什麼要這個時候醒來，翻來覆去，想的都是馬子維今天的眼神。煩躁地坐起身，卻連下床的勇氣也沒有，才發現原來我一點都不敢面對事實。

發呆了一個多小時，我還是維持著原來的姿勢。唯一改變的，就是呼吸越來越沉重。突然，我聽到外面傳來聲響。難道他並沒有離開？我衝下床，鼓起勇氣打開房門，看著暗暗的客廳，他的房門下，沒透露出微微的燈光，打開門一看，他只留下了那台我們在大賣場買的筆記型電腦，其他的，他什麼都沒有留下。

要不是還看見那台電腦，我會以爲這一切都好像沒有發生。

ＬＶ在我的腳邊磨蹭，我蹲下去抱起牠，才發現牠把自己吃飯的碗打翻了，聲音是牠製造出來的。

牠嗚咽了一聲，應該是想念馬子維了吧！這段時間他那麼疼ＬＶ，ＬＶ也喜歡跟在他後頭。走回房間時，我看到客廳桌上他留下的備份鑰匙，才認清他眞的離開這間房子的現實。

受不了這一室的沉默孤寂不斷地逼迫，心臟好像被不停地撞擊，我痛到無能爲力，最後還是忍不住打電話給凱茜，開始大哭。

承認自己失去一個人的心情，就好像在太平洋上飄著，現在的我，失去了依靠。

＊

而這一飄，我過了一個星期簡直是行屍走肉的日子。工作進度零、生活能度零、想念馬子維的心卻是百分之百。原來我這麼喜歡他，我現在才知道，原來他對我來說很重要。

原來，我竟如此不了解自己想要什麼，需要什麼。

坐在辦公桌前，看著電腦螢幕，什麼都做不了。手機鈴聲響了，我卻不再像幾天前那樣，一聽到鈴聲，就緊張地查看是誰的來電。幾天下來，每次都在發現不是馬子維之後，覺得好失落。

一個多星期了，他沒有打過半通電話給我，倒是老哥來電好幾次，跟我抱怨馬子維不好相處，不愛講話，幾乎都待在自己房間，也不跟他出去玩，然後他就會被我掛電話。

手機鈴聲響了第二次，我從包包裡翻出來，是小倫打來的。她約我一起吃晚餐，語氣有一點嚴肅，說想跟我談談。

我想，她應該是知道了什麼。

和她約好時間，我又繼續坐在電腦前發呆。有幾次，娃娃走了進來，看著我，會忍不住嘆氣，幫我換一杯咖啡，又再嘆口氣，走出去。

我知道自己現在這樣不行，我什麼都知道，唯一不知道的，是我該怎麼樣停止繼續這樣下去？

那天，凱茜告訴我，很多事情不會馬上有答案，唯一能做的，就是順其自然。因爲自己會帶著自己往前走，只是時間長短的問題。

但我最希望的，是時間可以暫停。

和小倫約了六點半，可是我現在什麼事也不想做，想四處走走。我稍做整理，拿了包包便從公司離開。娃娃一臉擔心地看著我問：「經理，妳還好嗎？不要緊嗎？」

我微笑，點了點頭，「不要緊。」

「可是，妳這幾天眞的很奇怪耶，發生什麼不開心的事，可以告訴我啊！雖然我不能幫妳解決啦，但有個人聽妳說一說，總比悶在心裡好嘛！」

「嗯，謝謝妳。」我感激地拍了拍她的肩膀。

離開公司後，我到一中街四處晃晃，坐在春水堂裡點了杯茶，看著外頭走來走去的人，沒想到，看見一個熟悉的人走了進來，走到我面前。

「釆雅，妳怎麼會在這？」劉子祺一臉驚訝地問。

我也覺得好巧，「出來閒晃。」我回答。

劉子祺一直看著我，看得我覺得他好奇怪，「怎麼了嗎？我臉上有東西嗎？」

他點點頭，「妳臉上有不開心。」

我笑了出來，「你現在改行當算命師喔？」

「妳和子維還好嗎？因爲我吵架了嗎？還是……」我都還沒說是不是因爲他，他就一臉歉疚，好像眞是他害我們怎麼了一樣。

我趕緊解釋，「不是因爲你，我和他……可能是沒有什麼緣分吧！」我們也不曾在一起過，他說喜歡我，也許只是一時興起，而我剛好當眞吧！

「怎麼會這樣？眞的不是因爲我嗎？我知道子維很討厭我，我不希望因爲我的關係，讓你們有什麼誤會。」

看著劉子祺的表情，我覺得他很在乎馬子維，應該是愛著這個弟弟的吧！

「眞的不是，我發誓。」我舉起手，很認眞地發誓。

他看著我，笑了笑，下一秒突然拉過我的手。「妳是不是都沒有在擦藥？妳看，上次騎車摔的傷口留疤了！」

我原本被他的舉動嚇了一跳，但馬上被他的關心感動，「沒關係啦！手肘又看不到。」

我才剛要將手抽回來時，忽然有一股力量把我的手從劉子祺手裡拉開。我抬頭一看，馬子維站在一旁，他把劉海剪掉了，換成清爽的短髮，露出飽滿的額頭。

我們三個人，就這樣僵住了。

馬子維用很不客氣的眼神看著劉子祺。我甩開馬子維的手，才想說些什麼，安琪拉又不知道從哪個角落走出來。我的心又是一沉，不想再面對這樣的局面。

我拉了劉子祺就想往外走，「我們離開吧！」

手才剛碰到劉子祺，我就被馬子維拉走。他走得很快，我穿著高跟鞋，根本跟不上他，好幾次都差點要跌倒。我氣得甩開馬子維，往反方向走，他又拉住我。我這輩子被拉住最多的時候，就是認識他之後。

我大吼，「你到底要怎樣？每次就是這樣拉我，是要拉到什麼時候？還有，你是有什麼資格拉我？」

他一臉不高興，「我不是說不要再跟他見面了嗎？爲什麼妳還是要跟他見面？」

「爲什麼我不能和他見面？那你爲什麼要跟安琪拉見面？」哪裡來的雙重標準？我

還是第一次遇到。

「我和她眞的沒有什麼，只是在美國一起長大的青梅竹馬。她爸媽前年出車禍過世了，所以她比較依賴我，就這樣而已。」他解釋著。

「那你就好好跟她在一起，讓她依賴一輩子啊。」我只能這麼說，我再怎喜歡他，也沒有辦法接受自己心愛的人被另一個女人依賴。當然，除了他家人之外。

我沒有那麼大方。

我看了馬子維一眼，接著轉身離開。他在我背後大叫，「顧采雅！」停下腳步，我回過頭對他說：「誰說你可以叫我顧采雅的？叫我采雅姊姊。」也許就這樣吧，這幾天過得心力交瘁，差不多了，可以了，眞的夠了。

本來已經要繼續往前走的，我又停下腳步，回頭看著他，「也許你很不能接受劉子祺是你的哥哥，但事實上他就是。不要覺得自己是受害者，他也是受害者，因爲他也不能決定自己的父母。你可以埋怨你爸，可是不要恨子祺。

「其實，你比他幸福多了。」我不知道馬伯伯、馬媽媽和劉子祺媽媽之間的關係或情感是怎麼一回事，單就他和劉子祺的立場來看，他們其實都沒有資格埋怨對方的，因爲他們都沒有錯。

他看著我，表情很凝重。我還想再說些什麼的時候，安琪拉跑了過來，伸手勾住馬子維的手。「子維，你爲什麼跑掉了，我找你找好久。」

如果可以，我這輩子都不想再看到這個畫面。

我轉身走掉，把他們拋在我後面。再回到一中街時，劉子祺已經離開了。我正猶豫該不該打電話給他時，手機響了，是小倫打來的。我這才看到手機右上角的時間顯示六點五十四分。

我忘了六點半跟小倫有約，慘了。

「小倫，對不起，我剛才有點事，現在馬上過去。」我趕緊道歉。

小倫在電話那頭嘆了口氣，接著說：「算了，妳不要再趕來趕去了，我只是想跟妳說對不起。」

我聽得莫名其妙。

「爲什麼？」我問。

「前兩天我們和子祺吃飯，子祺跟我和仁丰說了他的事，還有妳的事，還有他……弟弟，就是住在妳那裡那個人的事。我很抱歉，沒有注意到妳的心情，只想著要把妳和劉子祺送作堆。」小倫劈里啪啦地一直講。

重點是，我一點都不覺得她需要跟我道歉。

她又繼續說：「我昨天打電話給凱茜了，還被她唸了一下。我應該多照顧妳的，居然沒有發現妳喜歡的是另一個人，而且明明我就在妳身邊，妳有事卻不敢跟我說。我是希望妳跟子祺在一起，但是我更希望妳跟妳喜歡的人在一起。」

方艾倫自問自答了快要十分鐘，我聽到頭好昏。

「妳好了啦！」我忍不住打斷她。

「我們是姊妹耶，我居然都沒有察覺妳的心情，我怎麼可以這樣？我眞的覺得自己很過分，妳最近一定很難過，我都沒有好好陪妳。」小倫眞的講不完耶，我快要被她打敗。

「我眞的沒有怎樣，我眞的沒事，眞的眞的眞的眞的眞的。」拜託她不要再繼續下去了，害我還要一直強調。

「妳的眞的就是假的，每次都是眞的沒事，結果每次都有事。妳現在在哪裡？我過去陪妳，我帶酒過去，妳要不要吃點什麼？妳……」我相信小倫眞的覺得很對不起我，因爲她很少這麼慌張過。

我馬上回答，「我什麼都不想吃，最近有點累，我想好好睡一下。還有，我眞的沒事，妳不要想太多，就算我沒有和劉子祺在一起，我也很開心認識他這個朋友。」

「妳眞的沒有騙我喔，妳不會覺得我給妳壓力嗎？」

「妳再繼續問下去，就眞的是壓力了。」我回答。

她在電話那頭停頓了一下子，才繼續說：「眞的不用我陪妳？」

「不用，眞的不用。」

「眞的不用嗎？」

「眞的！」

這兩句對話至少反覆說了十分鐘，小倫才肯相信我不需要她陪我。我現在需要的，是讓自己平靜，不能再這樣自我折磨了，該放的，就該要放。

回家後，我把馬子維住過的房間整理過一次，換上新床單，浴室裡的牙刷、沐浴乳都丟掉。唯一不知道要怎麼處理的，就是桌上那台電腦。很想直接丟掉，但我一定會遭天遣。

看著房間，突然想起那天發生的事。我爲了刪掉我鬼叫般的聲音，和馬子維在這間房間裡發生的一切，感覺又懷念又心痛。

對了，我可以趁現在刪掉影片。

開了機，我開始一個一個檔案夾找，找到入神時，ＭＳＮ的視窗突然跳出來，嚇了我好大一跳。整個社區都是使用無線網路，開機時會直接連上網路，再加上馬子維把ＭＳＮ設定爲自動登入，才會突然有視窗跳出來。

我看著視窗裡的對話文字。

是一個叫 Vencent 的人傳來的。「Hey bro, I just back to USA……累。」

我該告訴對方說我不是本人嗎？只是因爲不小心登入了。還在思考時，另一句話又跳出來了。

「你遇到你的冰淇淋姊姊了嗎？」

冰淇淋姊姊？是誰？突然看到馬子維的ＭＳＮ頭像，是一個女孩吃著冰淇淋的側臉。照片的解析度不是很好，有一點模糊和幾條黑線。但如果我沒看錯，那女孩似乎是我，如果我再沒有記錯，這張照片，是我國中畢業典禮那天拍的。

因爲，我忘不了國中畢業那一天，老爸老媽依然在國外。老哥來了一下之後，就跑去和女朋友去約會，只有小倫的媽媽很貼心地買了四支冰淇淋幫我們消暑。很愛巧克力的我，卻抽到唯一一支草莓口味的，對那個年紀的我實在是個打擊。

凱茜還故意吃得津津有味地刺激我，我一直記得。

爲什麼馬子維會有這張照片？

那位 Vencent 再度傳訊息過來，「Hey bro, you busy？Angela 也到台灣了嗎？你要讓她獨立，不能再這樣下去了。」

MSN的視窗再一次震動了，我沒有辦法回應，只好趕快把視窗關掉，登出MSN。難道他朋友說的冰淇淋姊姊是我嗎？如果以那張照片來看，似乎是在說我。但小的時候，我對他的印象眞的就只有四個字：一個弟弟。

我又亂開著他的文件夾，想要找我唱歌的那個影片，一直找不到，這眞的是太奇怪了。打開網頁，首頁就是他的Facebook，先點了他的塗鴉牆，上頭並沒有寫什麼。再點了他的照片，只有一個不對外公開的相簿，設定名稱是「love」。

裡面，就只有那張我吃著冰淇淋的照片。

我可以解讀這個狀況是馬子維喜歡我很久了嗎？我可以這樣解讀嗎？我衝回房間拿了手機，找出他的電話號碼，差那麼一點點就按了撥出鍵。

忍不住嘆一口氣。打了電話又如何？感覺並不能帶給我們幸福，尤其到了這個年紀，我們只能很努力小心地不讓自己受到傷害。面對喜歡一個人的衝動，我已沒有勇氣了，因爲傷心也是需要體力的。

這個晚上，我坐在馬子維住過的房間裡，看著那張照片失神。

隔天，我提早進公司，打算好好消耗一下自己最近累積的工作量。我決定把工作告一段落之後，安排出國旅行。我需要充電，我需要補充生活的能量，我需要讓自己更有前進的動力。

也許該聽凱茜的意見，請個特休去美國找她逍遙。

馬子維來台灣不到一個月，就徹底顛覆我原本的生活。我要的是一個可以穩定我心靈力量的另一半，而不是像他這樣，帶走我的心，讓我失去了自己。

一認眞想起事情來，我就開始走神。娃娃敲了我的桌子，我抬起頭，看到她一臉不悅的表情，「怎麼啦？」

「經理，妳的手機響了八千次了，妳要嘛是完全沒有心情工作，要嘛就是太認眞工作，我眞的很無所適從耶，妳可不可以平均一下？」娃娃一說完，手機鈴聲也剛好停了。

我不好意思地笑了笑，「對不起啦，謝謝妳。」

她對我搖搖頭之後，就走出去了。我從包包裡拿出手機，未接來電是老媽打來的，打了三通，但我都沒有接到。還在猶豫要不要接的時候，手機鈴聲又響了。我被拿在手上的手機嚇了一跳，結果這次是老哥的來電。

「幹麼？」我接起來之後沒好氣地問。

老哥生氣地說：「妳搞什麼鬼啊？妳知道我在開會嗎？妳爲什麼不接媽電話，還要我當傳話筒。妳最近是吃了炸藥嗎？還是三十出頭就進更年期了？」

我二話不說，馬上又掛了他的電話。

他再打來兩通電話我都不想接。最後他就直接打到公司來，總機小姐電話以爲是客戶，轉接了進來。

「您好，我是顧采雅。」我說。

「很好，妳還知道妳叫顧采雅，我是顧采誠，妳知道顧采誠是誰嗎？就是大妳五歲的哥哥。妳搞什麼鬼？妳最近到底怎麼了？是不是發生什麼事了？妳可以跟哥哥說啊？」他見我沒有反應，話就越說越氣弱。

「你到底要幹麼？我還有很多工作要忙。」我冷冷地說。

他突然結巴了起來，「沒、沒有啦！媽今天回家，因爲明天下午馬伯伯和馬媽媽就會到台灣了，明天晚上是他們台灣分公司的成立酒會，媽說大家都要到。我去接妳嗎？

還是妳自己過去？」

我突然一陣混亂，「等一下，所以你的意思是，馬子維也會去囉？」

「妳廢話嗎？自己家公司成立有不去的道理嗎？」老哥很不以爲然。

這場面也太可怕了吧！馬伯伯、馬媽媽、劉子祺和馬子維會碰面。馬子維那麼氣劉子祺，更何況劉子祺現在還是台灣分公司的經理。想到那個畫面，我全身都要起雞皮疙瘩呼吸困難了。

「妳問這個幹麼？」老哥突然問。

我回過神，說了句我不去之後，就掛掉電話，然後撥分機交代總機小姐，我的電話都先不要接進來。不到五分鐘，我的手機傳來簡訊提示聲。

「顧采雅，妳最近眞的很過分喔！如果妳還在氣我跑去日本，我跟妳道歉，但妳眞的不可以對哥哥這麼沒有禮貌，反正老媽說明天是一定要去的，妳不去，我就請老媽自己打電話給妳。」

這麼一大段話，他還可以這麼快打完字，可見他眞的很生氣。但我管不了他那麼多，我只要想到明天可能會發生的場面，我就一點都不想去面對，一點都不想。

只不過，老媽絕對是我的剋星。她晚上一回台灣，不是打電話給我，而是直接到我家裡來，假哭了一下，說自己有多委屈，早知道我會這麼不開心，就不要去慶祝結婚週年了。講了半個小時，我真的受不了，只好答應她去參加酒會。

隔天一整天，我都不知道自己在幹麼，心一直懸在半空中，緊張得不得了。

手機又傳來簡訊聲，我只能說老哥真的學聰明了，現在都不敢打電話給我，而是直接傳簡訊。他很聰明，被我要過一次狠之後，就知道要怎逃難。

「半個小時後，我會到妳家樓下。」

半個小時？不是才三點半嗎？仔細一看手機上顯示的時間，已經是五點半了。時間居然過這麼快，我連衣服都還沒有換，而且也還在公司。只好隨便收拾完工作，回家去換衣服，整理儀容。

我選擇了最低調的顏色，穿了件黑色小洋裝，只希望晚上可以平靜地結束。下樓後，老哥一臉不爽地瞪著我。

「我沒有等過半個女人，就妳有這個膽子。」他語氣很差。

我無所謂地坐上車，繫上安全帶，冷冷地說：「你可以不要來載我，我沒叫你來。」

老哥火氣更大了，一路上開快車，完全不跟我說半句話。正好，我也落得輕鬆，他臉越臭，我就越開心。

到了會場，他說要停車，叫我自己先進去，然後一下子就把車給開走了。我站在飯店門口，還是遲疑著要不要進去。包包裡的手機響了，是老媽打來的。

「都開始了，妳和妳哥是想氣死我嗎？」老媽在電話那頭發脾氣。

「我馬上到。」我說。

「馬上喔！」這次換老媽掛我電話。

我鼓起勇氣踏進飯店。走到會場裡，已經來了大約兩三百人。白色爲主色調的典雅布置，舞台上銀色與金色的燈光交錯，背板利用投影打出分公司成立酒會字樣，左側兩座香檳塔都倒滿了香檳。

舞台右側，站著一位和老媽氣質截然不同，溫柔婉約的女士，她的左手邊正站著劉子祺。他今天身穿一套正式的銀灰色西裝，打了條紅黑相間的領帶，臉上帶著他招牌的爽朗笑容，開心地看著台下的嘉賓。

那麼，正在台上講話的人就是馬伯伯了吧！我以爲他會是個不好相處、難以親近的長輩，沒想到他講的每一句話，都吸引著底下的人的注意力，又詼諧又能講出重點。他認眞的眉宇，倒是和馬子維非常神似。

那馬子維呢？最後決定不來嗎？

老媽突然出現，把我帶到她和老爸的旁邊，老哥也到了。致辭完之後，馬伯伯和馬媽媽先去和別的朋友寒暄。劉子祺走了過來，和我打招呼。

「嗨！」劉子祺笑著說。

老媽一看到劉子祺，眼睛馬上像開了四盞燈一樣亮，一臉看好戲的樣子，看著我和劉子祺。當她女兒這麼多年，要是不知道她這樣的眼神叫八卦，我就白活了。

我對劉子祺笑了笑，「恭喜。」正式舉行成立酒會，表示台灣分公司的表現很不錯，才對外宣告在台灣成立了分公司。

他微笑著，舉起酒杯碰了一下我的酒杯說：「謝謝。」眼神在我身上停頓了兩秒，笑容漸斂，「妳還好嗎？最近好像更瘦了。」

「沒有啦，因爲今天穿黑色衣服，看起來比較瘦。」我開玩笑地說，同時瞄了老媽一眼，她很明顯就是看八點檔的表情，而劉子祺則露出一臉懷疑我的說法的表情。

「子維……」他還想再說些什麼的時候，馬伯伯和馬媽媽就走往我們走過來了。

「妳就是采雅了吧！」馬媽媽拉著我的手，親切地說。

我微笑著點了點頭。

「你們聊，我過去跟吳董打個招呼。」劉子祺藉故離開，我想，待在馬媽媽旁邊，應該讓他很不自在吧！

「待會見。」我對他說，他給了我一個微笑。

看著子祺的背影，我心裡有很大的一個部分，是很心疼他的。

「哇！妳眞的越來越漂亮耶，我們家子維眞是給妳添了麻煩，打擾妳這麼久，實在很不好意思。」馬媽媽拉回我的注意力，不停地向我道歉，重複著上次電話裡那番話。

我搖了搖頭，「馬媽媽，妳別這麼說，他眞的沒有打擾我。」

馬伯伯突然發怒了，「這孩子就是這麼不懂事，到現在都幾點了，人也不到，妳說他有把心思放在這個家裡嗎？」

馬媽媽的臉色很難看，不知道該說什麼。老媽趕快出來緩頰，「別生氣、別生氣了，會長大的，孩子會長大的。」

「媽！」突然有一道聲音在我們旁邊響起。

回過頭，正是那個明明該長大，卻還像小孩一樣的馬子維。他把頭髮往後梳，穿了一套黑色西裝搭配粉色襯衫，和一個棗紅色小領結。第一次看到他穿得這麼正式，竟覺得他很瀟灑。

馬媽媽看到自己的兒子，很開心地和他擁抱，馬爸爸則是在一旁靜靜地看著他們，但我看得出來，馬伯伯很想念馬子維，因爲他的眼神不一樣。

馬子維和馬媽媽擁抱過後，一直看著我，幾乎要把我看穿。我假裝要去洗手間，避開了他的注視。這種場合還是少參加爲妙，來一次我都覺得我的壽命要短了好幾年。

從洗手間出來，老媽馬上把我拉過去，在我耳邊告訴我，她覺得劉子祺很不錯。

「媽，我跟子祺只是朋友而已。」我說。

老媽笑開懷，「沒關係啊！就從朋友開始啊，我覺得妳馬伯伯挺重用他的，而且妳馬媽媽一直說他是個很不錯的年輕人，妳不考慮一下嗎？」

看著老媽一臉興奮，我趕緊對她說，事情沒有她想得這麼簡單。她倒開始反駁我，說什麼「事情哪有不簡單」，不停地對我洗腦，要我跟劉子祺在一起。老媽眞的太閒了，今年還有什麼假日、節日可以讓他們有名目出國玩的嗎？

「女兒啊，妳到底有沒有在聽我說話，這個眞的很不錯……」老媽的轟炸又來了，我眞的快發瘋。

耳朵聽著老媽的聲音，眼神忍不住四處亂晃，居然看到劉子祺走在前方，馬子維跟在後方，往另一個宴會廳的走道過去。我有一種不好的預感，管不了老媽還在講什麼，我逕自往他們的方向去。

老媽在後頭叫著，「女兒，我講的妳有沒有在聽啊？」

眞的沒有，我的心都懸在那兩個人身上。我走過去，卻發現他們不見了。我在宴會廳四周晃了好幾圈都沒有看到人，我更緊張了。突然，在宴會廳後方的小房間裡，傳來了聲音。

我循著聲音走過去，打開門。

「你靠近采雅到底有什麼企圖？」看到馬子維和劉子祺面對面站著，他正不客氣地質問劉子祺。

我走過去站在他們兩個中間，想拉著劉子祺離開現場，但劉子祺不肯走。他看著馬子維說：「我對她的企圖就跟你對她的企圖一樣。」

「你們兩個都別再吵了。」今天眞的不要發生什麼事情才好。

但他們兩個根本不理我。劉子祺接著說：「如果你沒有辦法對采雅好，那就請你不要阻止我對她好。」

馬子維一聽完這句話，便衝動地上前推了劉子祺一把。我趕緊站到馬子維前面攔著他，「你幹麼？今天是什麼日子？你一定要把場面搞成這樣嗎？」我氣得對他大吼。

「今天是什麼日子？我也很想知道。可能是我爸名正言順讓外面的私生子進家門的日子。」馬子維冷冷地說。

這句話太傷人，我看到劉子祺的臉色變得很差。

「馬子維，你夠了喔！」我眞的不想再看到這些。

結果馬子維整個人像發瘋似的，把這陣子以來的火氣都發洩出來，「怎樣都不夠！他媽媽爲什麼要破壞我們家庭？如果沒有他，我和爸爸也不會鬧成今天這種局面，他根本不應該存在。」

劉子祺緩緩開口，「我和我媽從來沒有想過要破壞什麼。」

「是嗎？那你就帶著你媽媽離我們家遠一點。爲什麼要進公司？現在進公司，下次是要進我們家嗎？我跟你說，我永遠都不會承認你媽和你的存在，只要我在的一天，你什麼都別想，別想來破壞我們家。」

我覺得馬子維心裡只有仇恨，就算劉子祺再怎麼解釋，他也聽不進去。「子祺，我們走，沒有什麼好說的了。」我拉了劉子祺往會場的方向走，馬子維又把我拉回來。

馬子維握住我的手，而我拉住劉子祺的手，「放開，我的手很痛。」我對著馬子維說，但他不放。

劉子祺繞過我，走到馬子維面前，對他說：「放開采雅。」

馬子維放開我的下一秒，他們居然在我面前打了起來。打鬥的聲音、椅子被踹開的聲音、桌子被翻倒的聲音，都把我嚇得不知道該怎麼辦才好，我只能在一旁喊著不要打了。

但兩個人根本不聽勸。我衝上前去想拉開他們，完全沒有用。一下子看到劉子祺坐在馬子維身上，一下子看到馬子維舉起拳頭就對著劉子祺揮。我哭著求他們不要打，可是沒有人理我。

也許是有人聽到聲音，漸漸地，這裡人多了起來。老哥衝出來制止他們兩個，也只能讓他們暫時分開，他們要再繼續打的時候，馬媽媽走到馬子維面前，狠狠地打了他一巴掌。

馬子維、劉子祺、我自己，還有其他在旁邊看的人都傻眼了。

我不敢置信地摀住嘴，以免自己叫出來。爭執停止了，馬子維不再打劉子祺，而是用受傷的眼神看著馬媽媽。他的眼神，讓我的眼淚掉得更凶。

馬媽媽的臉上寫著歉疚。

馬子維一句話也沒說，轉身就離開。看著他的背影，我覺得好心痛，不知道爲什麼局面會演變成這樣。我想追出去，我想要告訴他不要難過，我希望分擔他的傷心，我的腳步卻怎麼也動不了。

馬媽媽看著自己兒子走了出去，眼淚也掉出來。馬爸爸摟著她，帶她離開現場，老媽不知道從哪裡拿來了急救箱。我接過來，開始幫劉子祺擦藥，不知道什麼時候開始，人群散去了，這裡只剩下我們兩個人。

我擦著他的傷口，想到馬子維也受了傷，眼淚就忍不住掉出來。

劉子祺苦笑了一下，「幫我擦藥，卻是爲了別的男人哭的女人，我還是第一次遇到。」

我心虛地別開了眼神，繼續幫他擦藥。

「采雅，去找他吧！現在的他很需要妳。」劉子祺看著我說。

迴避了他的眼神。我也很想找馬子維，但是，我不知道要去哪裡找，更不知道要跟馬子維說些什麼。

替劉子祺擦好藥之後，我們回到會場。人潮已經散得差不多了，只看到老爸、老媽還有馬伯伯和馬媽媽站在角落聊天。看到我們，他們走了過來。

馬媽媽看著劉子祺的傷，忍不住撫著剛包紮好的傷口，難過地說：「對不起，孩子，讓你受傷了。」

劉子祺可能不太自在，身體往後縮，想避開馬媽媽的關心。馬媽媽見狀，眼淚又掉了出來。

「孩子，我對不起你，也對不起你媽媽。當年我眞的不知道你媽媽生了你。要是知道，不管我再怎麼愛念祖，都不會執意要嫁給他。讓你沒有爸爸，我眞的很抱歉。」馬媽媽的話，讓我和劉子祺互看了一眼，彼此的眼神裡盡是疑問。

「當初，我很愛念祖，雙方父母親也早在很久之前就決定讓我們結婚。我知道念祖有一個喜歡的人，但我還是想嫁給他。你記得劉叔叔嗎？」馬媽媽問著子祺。

劉子祺點了點頭，「記得，他一直很疼我。」

「他是你爸的好朋友，十年前，他才告訴我們你媽媽和你的事。我心裡對你們很愧疚，可是我已經沒有辦法離開你爸了，子維和子樂也需要父親，只好要你爸將你和你媽接到美國，我們好好照顧你們。我只是沒有想到，子維會發現你是念祖的兒子。」馬媽媽邊流著眼淚邊說。

所以馬媽媽才會打了子維一巴掌。

內心錯綜複雜，讓我快要不能呼吸。那馬子維怎麼辦？他和父親吵架的這陣子以來，他以為只有自己知道這件事，所以用他自己的方式保護他的家，卻沒想到還有這麼一段故事。

劉子祺走上前去，擁抱了馬媽媽，「謝謝妳對我們的寬容，我媽告訴我，這輩子她和爸爸沒有緣分，不能當夫妻，但是因為妳，我可以擁有一個父親，謝謝妳。」

馬媽媽抱著劉子祺，哭得一句話也說不出來，我的眼淚也不停地流著。

「都是我的錯啊！我應該早點告訴子維的，這孩子這幾年來一定吃了很多苦。」馬伯伯在旁邊，不停地搖著頭自責，老爸走過去拍了拍他的肩。

老媽也在一旁哭到不行。

我內心好感嘆，感嘆著愛情、感嘆著親情。我們的人生總是有這麼多陰錯陽差，總在經歷某些傷害後，我們覺得自己很不幸，但那些傷口會癒合、傷害會過去，留下的那一些，其實都是會讓我們幸福的。

如果我是馬子維，為了我的家，我也會選擇捍衛自己的家庭幸福。面對劉子祺，我也會選擇樹起自己的防備，隔絕他。

這件事，沒有人有錯，也許錯在愛得太多，在不願意傷害誰的前提下，大家都傷害了自己，也傷害了別人。

我們總是拿著愛的盾牌，卻在某些時候，把愛變成了武器。

這一秒，我好想見到馬子維，我好想擁抱他，好想告訴他，這一切都過去了，他不需要再獨自承擔一切的痛苦，因爲這些都不需要傷心，他擁有的愛，其實比自己想要的更多。

我轉身，稍微拉起身上那套合身短洋裝的裙襬，不管會有多難看或是會曝光，我都不在乎了。我就這樣往外跑著，現在，我想立刻到馬子維身邊，告訴他一切都過去了。

開著車，我想不出來他會去哪裡，只好先回我家，猜想他可能會去的地方。但他沒有屋子鑰匙，根本不能進去，問了一樓大廳的管理員，也說沒見到馬子維。那他還能去哪裡？他在這裡並沒有朋友啊！

開著車，晃過台中市大大小小的街道，一個多小時後，已經是晚上十一點多了。我打給老哥，他和爸媽也才剛回到家。他告訴我，子維還沒有回家，也聯絡不上他，馬伯伯和馬媽媽也很擔心。

又繼續找了一個多小時，還是找不到馬子維。最後我決定回家等。

❄

才剛停好車子，走到家門口，準備拿老哥前天給我的新感應卡進門時，我看到了幾公尺遠處，馬子維和安琪拉走了過來。安琪拉勾著他的手，在他耳邊講話。安琪拉笑得很開心，我突然氣自己爲什麼要爲他擔心，其實他一點都不需要我。

安琪拉看到我，意興闌珊地喊了句，「嗨，采雅姊姊。」

馬子維看著我，沒有說任何一句話，拿了感應卡刷了就進去。他從我前面經過時，散發一股好濃的酒氣。

安琪拉也要跟進去。我把她拉開，用很快的速度關上門。她在門外叫，我走到馬子維背後，拉住了他。

「你知道大家都在擔心你嗎？」我說。

他沒有回頭，又打算往裡面走。我繼續說：「你可以結束你的怨恨了嗎？馬媽媽什麼都知道，她並不怪子祺和他媽媽。」

他停住了，轉過頭來，用著很陌生的眼神看著我。「所以呢？所以我就應該當成這幾年的事沒有發生過嗎？他們把我當成白痴，我一點都不能生氣嗎？」

「沒有人把你當成白痴，只是不要你受傷而已。」我說。

他苦笑了一下，「那妳覺得現在我有沒有受傷？」之後轉身，沒進屋子裡去，而是往大門的方向走。

對於他的問題，我無言以對。

「馬子維，你又要去哪裡？」我在他身後喊。

但他當做沒聽到，繼續往前走。看著他的背影，我全身充滿了這輩子前所未有的無力感。

站在原地發呆了幾分鐘，我才有力氣繼續往前走。

走出大門，沒想到安琪拉還在那裡。馬子維走了，她還待在這裡做什麼？我關上門，她走到我旁邊，對我說：「我知道妳喜歡子維。」

我轉過頭看著她。安琪拉是混血兒，比我高了至少十公分，這麼漂亮的一張臉孔，臉上的表情非常不安。

我沒有回答，打算去開車，準備回家休息。今天這一鬧，我覺得好累。

她走在我後面說：「不要跟我搶子維可以嗎？妳什麼都有，妳有爸爸、媽媽、哥哥，還有好工作。我只有子維而已，什麼都沒有，可以把子維讓給我嗎？」

我停住腳步，回過頭告訴她，「他從來就不屬於我的，我要怎麼讓？」

「只要妳不跟我搶，他就會是我的。」安琪拉用驕傲的表情說。

但是，什麼是搶？就像馬伯伯、馬媽媽還有劉子祺的媽媽那樣，他們有誰搶了誰的幸福嗎？

幸不幸福，靠的東西叫時機。

也許，我並不能擁有馬子維，因為時機不對。

所以，搶不搶不是重點，重點是上帝給了誰一個對的時間，我沒有辦法回答安琪拉的問題，因為答案只有上帝知道。

我繼續往前走，她依舊在我身後，不停地想要說服我，叫我把馬子維讓給她，我覺得她眞的有病。

拖著疲憊的身體，回到家之後，我直接走進馬子維原本住的房間，打開那台電腦，看著我吃冰淇淋的照片，覺得馬子維離我越來越遠，眼睛一酸，淚水又掉出來。只想簡單地愛著一個人，眞不是一件簡單的事。

不知道是第幾個早上，我在他書桌前醒來，全身痠痛。

早上六點半，我已經睡不著了。七點半我進公司，開始處理工作。把自己丟進工作裡，什麼都不要去想，是最好的。一直忙到下午，我就坐在辦公桌前，像個機器人一樣不停地工作。

娃娃買給我的早餐、午餐，全都還堆在我的桌上，我卻一點胃口都沒有。

「經理，妳有訪客。」娃娃走進來說。

我從那一堆公文及雜誌當中抬起頭來，「訪客？」我很疑惑。

娃娃點了點頭，「在第一會議室喔！」

我站起身，猜想會是誰來找我。一定不是男生，因爲如果是男的，娃娃會開心得跳起來大叫。而我的朋友們，一個在美國、一個在法國、一個在上班，誰會來找我？

走進會議室，我看到了馬子維的媽媽。她穿著一套紫色套裝，頭髮盤了起來，坐在椅子上。她看到我進來，給了我一個很溫暖的微笑，接著站起身，走到我面前。

「馬媽媽，怎麼來了？」我說。

「對不起，有沒有打擾妳工作？」

我微笑地搖了搖頭說：「沒有，馬媽媽，妳坐。」

她笑著點點頭，把我拉到她旁邊坐下，牽著我的手說：「釆雅，我有好多話想要跟妳說。」接著就嘆了一口氣，看得出來她昨天晚上睡得並不好。

「馬媽媽，妳還好嗎？」我擔心地問。

她點點頭，「沒事，只是擔心我們家子維。他一直是個很孝順的孩子，對妹妹也疼愛有加，我知道他愛這個家，也就是這樣，所以子祺的事我們一直不敢對他說。可是沒有想到他自己發現了，自己忍了這麼多年，我一直以爲他是進入叛逆期。」

我可以體會馬媽媽的心情，就是我昨天晚上正經歷過的無力感。我緊握著馬媽媽的手，「馬媽媽，妳不要擔心，子維會想通的，就像妳說的，他很孝順，所以不會讓妳難過太久的。」

馬媽媽也握緊我的手，「我也希望如此。」接著摸了摸我的臉，「采雅，我們家子維就拜託妳了，我們晚上就要回美國了。」

「這麼快？」我忍不住驚訝。

「妳馬爸爸需要回去處理公司的事，原本我想自己留下來的，但我想，留下來也沒有用，因爲子維現在需要的是時間，還有妳。」馬媽媽看著我說。

我頭低了下來，忍不住在心裡嘆一口氣。我嗎？他需要我嗎？我並不這麼覺得。

「妳知道子維喜歡妳很久了嗎？」馬媽媽帶著笑容說。

我搖了搖頭。

「當年，要離開台灣那一天，子維一直吵著要去找妳。那天是妳的國中畢業典禮，他堅持要看到妳才肯去機場，我們拗不過他，只好帶他去。本來要下車跟妳打招呼，但子維說不要，拍了張妳的照片後，他才甘心離開。」

原來是這樣。

「那張照片，是他最寶貝的東西，很久以前搬家時，他爸爸不小心把底片弄丟了，那是他第一次對爸爸大聲說話，之後，皮夾裡一直都放著那張照片。有一次他妹妹把他皮夾弄丟，他氣了兩個星期都不跟妹妹說話，還好後來警方找回皮夾，裡面的錢和信用卡都不見了，只有他的證件和妳那張照片。他說只要找到照片，其他的東西不見都無所謂。」馬媽媽想著過去的事，邊笑邊說。

「是不是一張我在吃冰淇淋的照片？」我問。

馬媽媽驚訝地看了我一眼，「對！妳怎麼知道？」

我笑了笑，沒有回答。怎麼好意思跟馬媽媽說我是因爲要找我喝茫的時候被拍下影片，所以不小心看到了那張照片的。

「采雅，子維很喜歡妳，所以當他跟我說家裡待不下去，要離開家時，我能想到最好的選擇就是讓他回台灣，待在可以看到妳的地方，我才會拜託妳媽幫我照顧子維，這樣我才能安心。沒想到給妳帶來了這麼多困擾，眞的很對不起。」馬媽媽一臉歉意，看得我很捨不得。

我趕緊搖搖頭，「馬媽媽，妳不要這樣說。」

「妳喜歡我們家子維嗎？」馬媽媽很直接地問，嚇了我一跳，完全不知道該怎麼回答。

馬媽媽看我沒有反應，一臉難過地接著說：「我想妳對我們家子維一定很失望，一定覺得他很不懂事，他……」

「我喜歡子維。」也許對他有一點點失望，也許覺得他不懂事，但這些並不能阻止我對他的喜歡。

一開始，他表現得很冷淡，但相處過後，發現他是很溫暖的人。我喜歡看他穿著圍裙端著菜叫我吃飯的樣子，我喜歡看他細心照顧ＬＶ的樣子，我喜歡看他講話微笑的樣子，也喜歡看他一臉冷漠的樣子，那就是馬子維。

喜歡就是喜歡了，我沒有辦法否認。

馬媽媽眼睛一亮，開心地說：「眞的嗎？妳也喜歡我們家子維嗎？太好了，如果妳眞的可以和子維在一起，我就什麼都不用擔心了。」

我苦笑了一下，沒有辦法像馬媽媽那麼樂觀，「我和子維還有很多問題……」

「有問題是好事，因爲克服過那些問題，你們才會更珍惜對方，我和馬爸爸也是克服了很多問題，才能走到現在的。」我的話都還沒講完，馬媽媽就趕緊回答。

我笑了笑，忍不住問了我最想問的一件事，「馬媽媽，妳眞的不怪子祺和他媽媽嗎？」

馬媽媽笑了笑說：「要怪些什麼呢？」她拍拍我的臉，繼續說：「孩子，我們都是勇敢面對自己選擇的人，當年子祺的媽媽和馬爸爸分手，並沒有告訴馬爸爸她有了子祺，因爲她選擇獨自撫養子祺。儘管這是我們自己的立場，可是子祺對馬爸爸來說也是一個責任，他必須去面對和接受這個責任。

「妳懂嗎？孩子，人生有太多意外，子維也在面對著意外，至於要用什麼方式和態度面對，只能靠他自己想清楚了。」

我點了點頭，開始崇拜起馬媽媽的寬懷和智慧。

「好了，我該走了，妳馬爸爸只給我半個小時的時間，我們還得趕飛機。子維就麻煩妳了，如果他欺負妳，妳要怎麼打他揍他修理他，我都絕對支持。」馬媽媽開玩笑地說著。

「見過子維了嗎？」我問。

她遺憾地搖了搖頭，「沒，早上和妳媽聯絡過，她說子維還沒有回家，我打了一整天電話，都轉進語音信箱。」

「他眞的是……」是個王八蛋。

馬媽媽拍了拍我的手，「沒關係啦！早晚都會見到的，我走了。」

送馬媽媽下樓，司機接走她之後，我馬上衝回辦公室，拿出我的手機撥了馬子維的電話號碼，還是轉進語音信箱。

傳了簡訊給他，一通又一通，他還是都沒有回。

接下來的幾天，我就是不停地拿著手機在撥號，不然就是傳簡訊。對著手機的次數多到小倫抓狂。

「顧采雅，我要沒收妳的手機。」小倫氣得大吼。

我嚇了一跳抬起頭，看到她眼睛發射出雷射光，我趕緊說：「好啦，我再傳完這個就好了。」

「我們現在是在吃飯耶！吃、飯！妳拿手機的時間比拿筷子的時間還要長，就是想被我罵啊！」

按下發送鍵，我馬上放下手機，拿起筷子開始吃飯，坐在一旁的仁丰大笑起來。

「笑屁啊？」小倫瞪了他一眼。

仁丰馬上止住笑容，「我是只覺得采雅好像妳女兒。」

我也笑了出來。

「嗨！」我背後傳來打招呼的聲音。

我回過頭去，「你遲到了喔！要請客。」

劉子祺坐到我旁邊，服務生隨即遞上菜單。他笑著說：「沒問題啊！妳要吃什麼，盡量點。」

小倫很不客氣地又多點了三道菜。

我和劉子祺變成了好姊妹，每天都會通電話。他打電話來，第一句話總是問：今天聯絡上子維了嗎？而我的回答通常是「還沒」。只要他一出現，我不會放過他的，我們的話題都圍繞在馬子維身上。

子祺很在意子維，很在意他的弟弟，我們都不擔心子維會出什麼意外，因爲我們都明白他需要時間。我從一開始的擔心焦慮，到現在完全是怒火中燒。一天一天過去，時間越長，我就越生氣。

有本事，眞的這一輩子都不要出現好了。

每次我這麼一說完，就會被劉子祺吐糟，「妳確定？」然後我就會想辦法轉移話題。

我很想他啊！其實。

在我又想起馬子維時，我的手機響了。火速拿起桌上的手機，來電顯示是家裡。老媽又打來了，一天兩三通電話，不是要閒聊就是問我在幹麼，我想念她出國玩的日子。

「嗯？」我接了起來。

「嗯什麼嗯啊？妳在哪裡？」老媽問。

「跟小倫吃飯。」我說。

她在電話那頭突然大叫，「啊！」

「幹麼啊？」我的耳膜差點要破了。

老媽帶著哭腔說：「我昨天晚上明明就叫妳今天下班要回來吃飯的，妳還答應我了耶，現在我們都在等妳，妳居然跟小倫在吃飯？我們就這麼不重要嗎？」

有嗎？老媽這樣說過嗎？我早就忘了。

「那你們吃就好啦！我都在吃飯了。」我說。

電話那頭沉默了一秒、兩秒、三秒……到了十秒的時候，我受不了地說：「好！我馬上回去，OK？」

「等妳。」老媽掛了電話。

我一臉無奈。小倫看著我，臉上寫滿了同情。我們的媽媽都不是省油的燈，只有青青的媽媽最正常。

「妳快回去吧！不然等一下又要打來了。」小倫完全明白我的難處。

跟他們說了一聲再見，我就離開餐廳，用最快的速度回家，不然等一下一定又不好過了。

一回到家，老哥就瞪著我，意思是怪我害他到現在還不能開動。我聳了聳肩，表示我也很無奈。

老媽看到我回來，又完全沒事般地說：「快點快點，媽今天煮了很多好吃的喔！妳快來坐，妳最近都瘦了，媽要好好幫妳補一下。」

然後我面前堆了一堆食物。我剛剛明明才吃過，現在根本一點都吃不下。但如果我沒有動的話，後果又不堪設想。

這是有史以來我的肚子最痛苦的一天。

我覺得家裡氣氛怪怪的，老爸和老媽看著我，一臉欲言又止的，很明顯就是想問我事情，但又不敢開口。

這樣持續了十分鐘後，我受不了地問：「你們到底想說什麼？」

兩個人又支支吾吾的，說不出半個字。

「再不說，我要走了喔！」我說。

老媽馬上蹦出一句，「妳和子維睡過了嗎？」

老爸和老哥馬上差點被嘴裡的食物嗆死。老爸拉了拉老媽的手，表示她問得太過火，老媽馬上改口說：「不是啦，我的意思是，妳和子維進展到哪裡了？」

我嘆了一口氣，很習慣老媽的無厘頭。「什麼都沒有，就這樣，不要再問了。」然後我放下碗筷，走出廚房，趁這個機會解救我的肚子。

老媽的聲音還在後頭，「怎麼可能什麼都沒有？美玲上飛機前還跟我說你們兩個互相有意思。加上之前又住在一起，怎麼可能什麼都沒有？」

我沒有理老媽，上一次回家，就是在門口碰到馬子維的那天，接下來我就沒有回家過了。偶爾會打電話給老哥，問問看馬子維回來了沒有，就這樣了。

坐在客廳，打開電視隨便亂轉台，全都是一些沒有營養的節目。皮包裡傳來手機的鈴聲，是劉子祺傳來的簡訊。

「幫他擦藥吧！我們又打了一架，他輸了，所以叫我哥了。」我看著簡訊，還在努力消化劉子祺的意思時，老媽不知道什麼時候走了出來，然後對著我背後大叫。

我轉過頭，馬子維就站在我的後面，臉上左一塊青右一塊紫的，手臂也有一些傷痕。我看著他，心裡湧上了一股好酸澀的感覺。看到他的臉，才明白原來我想他想到心這麼痛，我自己都不知道。

他也一直看著我，又一次像是要把我看穿了那樣看著我。

老媽走過去，看著馬子維臉上的傷，不停地慌張，「唉唷喂啊！怎麼會受傷了，額頭還流血了，這樣我怎麼跟妳媽交代啊？」

馬子維露出笑容，對著老媽說：「顧媽媽，不要擔心，我剛才跟我媽報備過了。」

現在是都沒事了的意思嗎？馬子維和劉子祺、馬媽媽、馬爸爸，都沒事了對吧！我鬆了一口氣，那很好，接下來就是我們的事了。

我轉身往二樓的方向走去，和拿著醫藥箱的老哥撞了一下，「顧采雅，妳不看路的嗎？」

「小雅，妳去哪裡啊？」老媽在客廳叫著。

我現在需要的是抒解我的怒氣。把二樓的房間一間一間打開，找到馬子維的房間後，我把他的東西全塞到他那個黑色大背包，然後拿下樓。老爸和老哥看到我的舉動，一臉疑惑。老哥不解地問：「妳幹麼啊？」

老媽正在幫坐在沙發上的馬子維擦藥，聽到老哥的話，老媽回過頭看我，馬子維也抬起頭來看我。我走到他面前，把他從沙發上拉起來，往外走。

老媽對著我吼，「顧采雅，妳在幹麼？藥都還沒擦完。」

家裡另外三個人也跟在我和馬子維後頭走出家門口。我把馬子維拉到大門前，開了門，把他推出去，接著把他的黑色包包往外丟，再關上大門。

隔著大門上欄杆的縫隙，他一臉詫異地看著我。

「你這麼愛離家出走，那就不要回來，去離家出走離個夠。」我對著門外的他說。

我轉身走進家裡，和老爸、老媽、老哥擦身而過時，我對著他們三個人說：「誰敢開門讓他進來，我這輩子就和他沒有關係。」

回到客廳，我坐在沙發上，又是安心又是生氣的，兩種情緒在我的心裡穿插。馬子維是沒事了，但我有一堆事。

三個人走了進來，老媽劈頭就唸我，「妳到底發什麼瘋啊？人好好的回來不就沒事了，妳又把人趕出去。如果妳馬媽媽打電話來，我要怎麼跟她解釋？」

「妳說人是我趕出去的就好。」我回。

「妳……我眞的會被妳氣死。」老媽氣得走回房間，老爸也跟了上去，然後回過頭還偷偷對我比了「讚」。

我無奈地扯扯嘴角微笑。

老哥坐到我旁邊，摟著我的肩，「我知道我妹很有個性，但我不知道我妹是這種狠角色，妳今天眞的很酷。但是，子維的額頭還在流血，不知道會不會感染發炎……嗯，應該是不會啦！反正感染了也沒差，看是皮膚爛掉還是頭爛掉都沒關係，你們又沒有什麼關係……」

我拉下他放在我肩膀上的手，對著他大吼，「顧采誠，你怎麼還不滾？」

他痞痞地笑，「奇怪了，我在我自己家，想要坐哪裡不行喔？還是妳現在是在生自己的氣，後悔把人趕出去了？」

我瞪著老哥，拿出我的手機，「你再不走，我就聯絡你的前女友、前前女友來陪你，反正你就是太閒嘛！」

不到五秒，老哥馬上消失。眞替他的前女友們感到悲哀。

我拿出手機，打給劉子祺，他馬上接了起來，聲音聽起來挺開心的。

「你還好嗎？」我問。

「還可以，只是傷口有點痛。」他說。

「怎麼會突然見面打架了？」不到兩個小時，就又發生了這麼多事，我有一點難以消化。

他笑著說：「我吃飯吃到一半，公司打電話來說上海客戶有一點問題，我只好趕回去處理，結果子維就來公司找我了。他一來，就說：『我們打一架吧！』條件是我輸了就離開公司，他輸了，就要叫我哥。」

「所以他輸了？」我問。

「采雅，妳覺得子維會輸嗎？他個子還比我高，也比我壯一些，我爸說他是跆拳道高手，我頂多只會騎自行車，妳不明白嗎？他是故意讓我的。」

我想到那天不小心看到了他的裸體，嗯……是不應該會輸的。

「所以你的意思是，他願意承認你這個哥哥了？」我開心地問。

「也許吧！」劉子祺鬆了一口氣。

「你知道嗎？我替你開心。」真的，很開心。

他也笑得很開心，「謝謝妳。」然後又問：「他回去了嗎？你們兩個還好吧？」

「嗯……不算好，我把他趕出去了。」我描述了一下剛剛的場面。

「哇，酷喔！我突然有一種『還好不是我』的感覺。」劉子祺的口氣是眞的感到萬幸，我有這麼可怕嗎？

可惡，二話不說掛了他的電話。

又在沙發上坐了一會兒，我走到爸媽房門外跟他們說再見。結果老媽很不客氣地說：「妳不要再回來了。」

我笑一笑，轉身離開。

❄

回到家，我趕緊清洗好ＬＶ的空飯碗，再放上飼料餵牠。我這麼晚回來，牠一定餓翻了。

「小Ｖ，吃飯囉！」我喊著，然後走進房間，先洗個澡，再整理一下房間後走出來，發現ＬＶ的飼料一口都沒有動。

跑去哪裡了？

在忙著找LV時，我發現馬子維的房間門下透著微弱的光。難道是我昨天進去之後忘了關燈嗎？

我打開門，走了進去，馬子維正躺在床上，和LV睡得超、級、香、甜。

我氣得走到床邊，往馬子維臉上瘀青的地方狠狠地按了下去。他痛得跳起來，LV被他的大動作嚇了一跳，也跟著醒了。我一把將牠抱過來。

瞪著坐在床上的馬子維，我質問他，「你在這裡幹麼？你怎麼進來的？我有說你可以住這裡嗎？馬上給我離開。」

他一臉可憐兮兮，「鑰匙是大哥給我的。」我第一次看到他這個表情。雖然很可愛，但無法抑制我的怒氣。

又是我哥，他眞的很愛管閒事，我決定明天把他的前女友們全call回家。

「鑰匙留下，你現在馬上走。」我說。

馬子維馬上躺下，抱著棉被，「我不走。」閉上眼睛假裝要睡覺。

我把LV放下，爬到床上，又繼續按著馬子維臉上的傷口，他居然忍著痛，死都不叫一聲，氣得我直接拉他，「快起來！馬上！」

他一動也不動，不管我再怎麼出力，他就像屍體一樣，怎麼拉都拉不動。我整整拉了快要五分鐘，全身都虛脫沒力。在我停下來喘氣時，換他使勁一拉，我跌到他身上，翻了一圈，變成他爬在我身上。

他看著我，我看著他，再這樣下去會出事。

我想要推開他，可是他依然動也不動，接著他低頭親了我的嘴一下。我還在震驚的時候，他的頭已經埋在我的肩窩，然後在我耳邊說：「我眞的很想妳。」

我石化了五秒，再回過神時，已經聽到他沉睡的呼吸聲了。

他一定很累了，我想。

這幾天來，他自己一個人不知道在哪裡掙扎了多久，想了多久，難過了多久，痛苦了多久，才做出這些決定。伸手摸了摸他的頭，其實很想對他說，你眞的很棒，但我氣還沒消，他能接受的，就是我的處罰。

我想推開他，他還是一動也不動。最後，我也放棄了，累了，閉上眼睛後，我也睡著了，好久沒好好睡的我，這一睡，睡得又香又甜。

隔天早上，我眼睛一睜開，馬子維的臉就在我眼前，距離差不多只有五公分左右。

我嚇得坐起身，他穿著圍裙，拿著牛奶，微笑地對我說：「起床囉，妳上班要遲到囉！」

見鬼了。

我趕緊下床，跑回房間，氣自己爲什麼要睡得這麼熟。換好衣服後，一打開房門，他直挺挺地站在門口，嚇得我退後兩步。

「你幹麼？」我生氣地說。

他走進我房間，牽著我的手，把我拉到餐桌前坐下，「吃完早餐再去公司。」

「我不要，我希望晚上我回家之前，你可以離開。」然後起身，我拿了包包，用最快的速度走到玄關穿鞋。

他站在原地，眼神很堅定地看著我，「我不會再離開了。」

我看著他的眼神，居然覺得有一點感動。我回過神，在離開前丟下一句，「不管你想不想走，你就是要走。」

但，他就是眞的不走。已經三天了，他煮的飯我都不想碰，他跟我說的話，我也當做沒有聽到，把自己關在房間，免得一接觸到又擦槍走火，什麼懲罰都拋到腦後了。

「妳就別再折磨我弟了吧！」劉子祺喝了口啤酒，對著我說。

現在是怎樣？還會幫弟弟講話了，好像我才是壞人。

「不，我支持采雅，爲了你弟，她吃了多少苦、受了多少傷，現在這樣，只是剛好而已。」小倫夾了個海瓜子放在我碗裡，贊成我多折磨馬子維久一點。

仁丰對正在炒菜的阿東哥喊著，「阿東哥，再幫我炒一盤牛肉，上次你炒的那個獨家料理超好吃。」

阿東哥笑著回答，「沒問題啦！」

我們四個人來阿東哥這裡吃東西，話題都繞在我和馬子維身上轉，尤其是劉子祺，現在簡直護弟心切過了頭。

「小倫，妳也幫我勸一下采雅，反正子維都回家了，就不要再這樣嘛！」

結果兩個人爲了要不要原諒馬子維爭辯了起來。其實我心裡早就原諒他了，但原諒跟接受永遠都是兩回事，要不要接受子維，對我來說，還需要時間考慮，也許是我自己沒有安全感吧！

手機傳來鈴聲，是子維打來的，我沒有接。

換成子祺的手機響了，「喔，她跟我們在一起，好，我知道，喝太多我們會送她回去的。」

我生氣地看著劉子祺，他笑著，對我做了個鬼臉，我的行蹤完全被掌握。

這次大家都喝了很多，所以大家都不開車，仁丰送小倫回去，子祺跟我是完全反方向，雖然他執意送我，但我還是拒絕了。

我下了計程車，其實酒也醒得差不多了。一轉身，就看到馬子維抱著LV站在大樓門口等我。這個劉子祺喔，我要跟他絕交了啦。

「怎麼喝那麼多？」他問。

我沒有回答，正要往裡面走的時候，安琪拉跑了過來，拉住馬子維。「子維，你爲什麼又回來這裡住了？你沒有地方住，可以跟我一起住飯店啊！」

又來了，我覺得好煩躁，從馬子維手上抱過LV。他們那一齣戲碼，我沒有心情和時間參與。

轉身要離開時，馬子維伸出手，摟住我的肩，對安琪拉說：「Angela，妳該回去過妳自己的生活了。」

安琪拉眼淚馬上掉了出來，「你爲什麼要趕我走？我只有你而已啊！你把我趕走了，我要怎麼辦？」

「妳要學著獨立，我不能照顧妳一輩子。」

「我們如果在一起，你就可以照顧我一輩子啊！」安琪拉哭得很像我哥的前女友們，我發誓，如果有一天馬子維離開我，我都不能這樣哭。

我被自己的想法嚇到，難道在我自己的心裡，我和馬子維是在一起的嗎？

「我想在一起一輩子的人，妳一直都知道是誰，不是嗎？」馬子維突然看著我，然後回答安琪拉。

我的眼睛不知道該擺在哪裡。

「不要這樣對我好不好？我只想留在你身邊，我知道你從以前就喜歡她，我看過你的皮夾，但是，你可不可以分一點點愛給我就好了，只要一點點。」安琪拉的話，讓我心裡很難受。

我不想再聽下去了，「你們慢慢講，我先上去了。」

馬子維突然從我手上抱回LV，牽起我的手，對安琪拉說：「Angela，我的愛沒有辦法分配，對不起。」

接著，我們走進大樓裡，留下在外面哭泣的安琪拉。

回到家後，我忍不住對馬子維說：「我覺得安琪拉很可憐。」

他看著我嘆了一口氣，「事情如果不解決，可憐的會是我，因爲妳會離我越來越遠。」

我沒有回答，轉身想要走回房間。他好像會移形換位一樣，馬上走到我的面前，擋住我的路。

我抬起頭看著他，「幹麼？」

「妳還要這樣多久？我知道妳在生我的氣，氣我不聯絡、氣我脾氣壞，我都知道，我跟妳道歉，我不會再這樣了。」

「喔！」我淡淡地回答，想要繞開他，又被他逮到。

「喔是什麼意思？不生氣了？」他問。

「我幹麼要生你的氣，你又不是我的誰。」我回答著。

他臉色一變，看著我，沉默下來，好，我知道，我講話講得太快了，我們對彼此都有感覺，但事實上，我們本來就不是彼此的誰。

他嘆了好大一口氣，「妳還要逃避我的感情多久？」

我沒有回答他的問題，直接走回房間。因爲事實上，連我自己也不知道。

❄

隔天到公司後，我直接向大老闆遞了假單，申請兩個月的假。我決定去找凱茜，我需要時間好好整理自己的心情。

大老闆一臉不情願，但也沒有辦法，「采雅，現在公司正忙，好幾個企畫案都等著妳推動，妳一定要休假這麼久嗎？」

「我想休息一陣子。」我說。

「好吧，休息夠了，可以提早回來就回來。」

我點了點頭，「我盡量。」

回到辦公室，把該處理的先處理好，應該交代給娃娃的也都交代好，打了電話給凱茜，告訴她，我要去找她。

她在電話那一頭，很冷靜地說：「妳確定？」

「我確定。」我很堅定地回答。

「我眞的搞不懂妳耶，不是很喜歡他嗎？而且連他媽媽都說他喜歡妳那麼久了，妳現在是擺什麼架子啊？妳大牌了妳。」凱茜的語氣裡充滿無奈。

「我只是不想要他成爲第五個離我而去的小男友。」我說。

凱茜停頓了一會兒，接著說：「我覺得他會成爲妳第五個小男友，但他不會離開妳，因爲你們之間的感情，和過去的感情不一樣。」

不一樣嗎？每一段感情，我同樣都付出了我的眞心啊。

「采雅，我知道妳會不安。但是，妳自己沒有發現他跟過去交往的小男友不一樣嗎？妳應該對他有信心一點，也對妳自己有信心一點，好嗎？」凱茜開始勸我。

但我還是決定要去美國找她。

她也只能無奈地說：「好啦！妳開心就好，妳買好機票，告訴我是什麼時候，我去接妳。」

「好。」

掛掉凱茜的電話，我馬上打電話訂機票，很幸運的是，明天下午有機位。買完機票，我坐在辦公桌前，整個人失去了力氣。但我沒辦法休息太久，因為公司還有很多事情需要處理。

直到我忙完，已經是晚上八點多了。

回到家時，看到馬子維正在幫LV吹毛，應該是幫牠洗澡了。他看著我問：「吃過飯了嗎？」

「我不餓。」避開他的眼神，我回答完，走回房間。

我洗完澡，從床下拿出行李箱。開始整理行李時，馬子維端了一碗東西走進來，對著我說：「喝點雞湯吧！」

「先放旁邊吧，我等一下再喝。」我繼續低頭整理東西，從衣櫃拿了兩套衣服放進行李箱。

他看著我的舉動，疑惑地問：「妳要出差嗎？」

「我要去美國找朋友。」我說。

他走到我旁邊，把我放進去的衣服拿出來。我又再放回去，他又再拿出來。反覆幾次後，我開始火大，對著他吼，「你在幹麼？」

「不要去。」他看著我，眼神有一點點悲傷。

我看著他的眼神，心跳好像漏了一拍，我清了清喉嚨說：「我要去。」接著再把他拿出來的東西放進去。

他再一次把我的衣服拿出來，對著我說：「妳能逃避我多久？如果妳不喜歡我，妳討厭我，只要妳告訴我一聲，我會離妳很遠，不會打擾妳，只要妳親口說妳討厭我，我就馬上離開這裡，永遠不要再出現。」

我怎麼說得出口？吸了一口氣，眼淚在我眼眶裡打轉，這麼喜歡他的我，怎麼說得出口？不是他的問題，是我的問題，我過不了自己失敗戀情的那一關。

他把我拉到他面前，對著我說：「說妳討厭我，我就馬上走。」

我甩開他的手，繼續整理我的東西，眼淚在他沒看到的時候掉下來。他又一次把我的東西拿出來，我氣得伸手一直打他，搥他肚子，踢他小腿，打到我的手都痛了。

「可不可以不要這樣逼我。」我哭著說。

「不是我逼妳，是妳在逼我們。」他回答我。

眼淚一直湧出來，我難過地說：「你知道我年紀比你大嗎？你知道我被幾個年紀小的男人拋棄過嗎？現在你覺得很愛我，所以要跟我在一起，會不會有一天你覺得無聊了、清醒了，就會告訴我，你要離開我了，因爲跟我在一起壓力很大。」

我繼續哭著，「我不想要有一天聽見你對我說那些話，我覺得很可怕，你知道嗎？我很害怕，你知道嗎？」哭到沒力氣，我整個人蹲了下來。

他嘆了一口氣，也蹲到我面前，伸出手摸著我的頭，然後說：「妳知道嗎？我在美國也覺得很可怕，很怕妳被別人追走了。每次顧媽媽打電話來和我媽聊天，我都要在旁邊聽，聽到妳有人追、有了男朋友，我都希望自己可以快點長大。好不容易長大了，卻發現我爸在外面有個兒子，本來想放棄全世界了，回到台灣來，以爲冷漠一點，可以讓感覺消失，可是和妳一天一天相處，卻越來越喜歡妳，我就什麼都不想放棄了。」

我抬起頭看他，他伸出手擦去我眼的眼淚，把我抱進懷裡，「我沒有想過妳的不安，對不起，但妳要了解，因爲妳，我也很不安，妳要去美國就去吧！我會證明給妳看，我會在這裡等妳，等妳準備好了，我們再一起幸福。」

我們再一起幸福，他說的。

我在他懷裡大哭，原來到了這個年紀的我，也能像個小女孩一樣地哭，沒有掩飾、不需要計較形象地哭。

我期待，我們一起幸福。

隔天早上，我醒來，一睜開眼睛，馬子維的臉又出現在我面前不到五公分的距離，我嚇得坐起身來，忍不住抱怨，「你以後可不可以不要這樣嚇我？」

他笑了笑，摸摸我的臉說：「起床了，妳的飛機是五點半，現在都快中午了，趕快起來吃東西，吃飽了，我送妳去機場。」

啊？怎麼他的情緒可以轉變得這麼快，昨天還叫我不要走，現在一臉開心得跟什麼一樣。

他看我發呆，親了我的臉頰一下，「回神了，衣服穿好趕快出來吃飯。要快點喔，妳的東西都還沒有整理。」他邊說邊脫掉圍裙，走出房門口，不到兩秒，又從陽台傳來聲音，「這兩天下雨，衣服都沒有乾，妳的內衣要不要先幫妳烘乾？」

「不用了，我自己來。」我不好意思地大叫，用最快的速度穿上衣服，衝出去，跑到陽台，把我的衣服全都收進來。就算昨天晚上怎麼樣了，收內衣這種事，我還是會害羞啊。

他居然在後面笑，「妳臉也太紅了吧！」

懶得理他，我很快速地吃完飯，然後讓他陪我一起整理行李。他想得比我還要仔細，不停地問我東西都帶齊了沒有。

「你好囉嗦，都帶了啦！」比我媽還會唸，受不了。

他突然走過來抱住我，「妳要想我喔！」

我忍不住笑出來，這麼大一個人還撒嬌，真的是一件很好笑的事。

「笑什麼，我是很認真的。」他把我抱得更緊。

我在他懷裡點了點頭。

送我去機場的路上，他一手握住方向盤，一手握住我的手，一直不停地轉過頭看我。

「這樣開車很危險。」我說。

他皺了皺眉頭，接著說：「沒辦法，接下來有兩個月看不到妳啊。還是我們回去吧！這樣就不會危險了。」

我笑起來，「想太多了你。」

他失落的眼神，我都看在眼裡。然而，面對這段感情，我心裡的不確定，需要時間去釐清，我們都不應該浪費彼此的青春。

一路上，他握著我的手，兩個多小時都沒有放開過。我看著他開車的側臉，也只能緊握他的手。

辦好手續，我準備要進關了。他不捨地看著我，我不敢再看他，因爲我覺得自己會走不開。鼓起勇氣，我放開他的手，給了他一個擁抱和微笑後，快速轉身進關，但每走一步心就痛一下。

十幾個小時的飛行時間，我想的都是馬子維。到了美國，凱茜在機場接我，一看到她，我的眼淚就掉出來。

凱茜開心地抱著我，「是不是太想我了，我也好想妳喔！我安排好這兩個月我們可以去哪裡玩，我跟我媽說過了，她不准跟，就我們兩個，我們自己去。」

我聽著凱茜的話，哭得更凶。

「怎麼了，哭成這樣，是不是又受了什麼委屈？」凱茜擔心地看著我，拿出面紙一直幫我擦眼淚。

我吸了一口氣後，繼續哭著說：「我好想子維。」

凱茜馬上對我飆了髒話，眞的很髒的那種，「%@#$&，我就叫妳不要來了，妳看妳現在是怎樣？」

我沒有回答，我也不知道自己是怎樣，就是好想好想他。

我繼續哭著，整整二十分鐘都沒有停，凱茜終於受不了，把我拉到航空公司櫃檯，拿走我的護照和皮夾。十分鐘後，她拿了機票給我，「妳馬上給我滾回去台灣！眞的會被妳氣死，%&@$#！」

凱茜又飆了好幾次髒話，飆到最後她自己笑出來，我也忍不住笑了出來。凱茜抱住我，告訴我，「這樣很好，確認自己的感情眞的很好，妳要加油！這個世界上沒有什麼比快樂兩個字更重要的。不要害怕，不要擔心，我們都在，放心地去愛去感受，失去愛情也沒有關係，我們都還有自己。」

我也抱著凱茜，現在的我，有勇氣了。

幾個小時後，我和凱茜道別。坐上飛機那一刻，我的心從來沒有這麼踏實過。原來，勇敢一點，幸福就會來到自己的身邊，勇敢一點，什麼力量都來到自己的身邊。

我有信心，我們會一起幸福的，我在心裡對著馬子維說。

【全文完】

〔後記〕

關於愛的時機

愛，不是你愛我，或者是我愛你就可以的，最重要的是時機。

生命裡，總是會出現相遇太早或相見恨晚的人，那也是愛，那也是過程，那也是我們人生的一個部分，只是它沒有辦法持續。

但我總覺得，因爲這些陰錯陽差，才會讓自己，還有自己的心看得更清楚，看清什麼才是自己想要的幸福。獨自一個人，沐浴在晨光灑落的露天咖啡座裡，看一本喜歡的書，喝上一杯自己鍾情的口味，這是幸福。和心愛的人手牽手走在公園裡，看著彼此的影子，數著地上的落葉，這也是幸福。

只要可以發內自心微笑，那就是一種幸福。

這次，本來想寫序的。

但我覺得這次一定要寫後記，因爲這個故事的結束，算是小小地告一個段落，從來沒有想過自己可以完成這樣有關聯性的故事，一寫就是四本。

不管你是像小倫、凱茜、青青還是采雅，不管被愛傷到什麼程度，不管現在走到哪個方向，我一直很想說的是：讓自己快樂。就算要痛，也要那個傷值得你痛。生命是一件很精彩的事，不管你在揮霍，還是認眞地過每一天，只要覺得快樂，那就是最重要的。

面對未來，我們可能還得失戀個幾次，也可能還得再單身個幾年，也可能還有很多的可能，這就是未來迷人的地方，我們都不知道，下一步，我們會把自己帶到哪裡去。

去哪裡都沒有關係，感到快樂才是重要的。

雪倫

國家圖書館出版品預行編目資料

這一刻，寂寞走了。/雪倫著. -- 初版. -- 臺北市；商周，城邦文化出版；家庭傳媒城邦分公司發行, 民 100.12
面；公分. --（網路小說；186）

ISBN 978-986-272-070-7（平裝）

857.7　　100021975

這一刻，寂寞走了。

作　　者／雪倫
企畫選書人／楊如玉、陳思帆
責任編輯／陳思帆

版　　權／翁靜如
行銷業務／朱書霈、蘇魯屏
總 編 輯／楊如玉
總 經 理／彭之琬
發 行 人／何飛鵬
法律顧問／台英國際商務法律事務所　羅明通律師
出　　版／商周出版
台北市中山區民生東路二段 141 號 9 樓
電話：(02) 2500-7008　傳眞：(02) 2500-7759
blog：http://bwp25007008.pixnet.net/blog
email：bwp.service@cite.com.tw
發　　行／英屬蓋曼群島商家庭傳媒股份有限公司城邦分公司
聯絡地址：台北市中山區民生東路二段 141 號 11 樓
書虫客服服務專線：(02) 25007718・(02) 25007719
24小時傳眞服務：(02) 25001990・(02) 25001991
服務時間：週一至週五09:30-12:00・13:30-17:00
郵撥帳號：19863813　戶名：書虫股份有限公司
讀者服務信箱 email：service@readingclub.com.tw
城邦讀書花園網址：www.cite.com.tw
香港發行所／城邦（香港）出版集團有限公司
地址：香港灣仔駱克道 193 號東超商業中心 1 樓
email：hkcite@biznetvigator.com
電話：(852)25086231　傳眞：(852) 25789337
馬新發行所／城邦（馬新）出版集團 Cité(M)Sdn. Bhd.(458372U)
11, Jalan 30D/146, Desa Tasik, Sungai Besi,
57000 Kuala Lumpur, Malaysia.
電話：(603)90563833　傳眞：(603) 90562833

版型設計／小題大作
封面設計／黃聖文
電腦排版／浩瀚電腦排版股份有限公司
印　　刷／高典印刷有限公司
總 經 銷／聯合發行股份有限公司
電話：(02)2917-8022　傳眞：(02)2915-6275

■ 2011 年（民 100）12月1日初版
■ 2018 年（民 107）5月9日初版6刷
Printed in Taiwan

定價／200元

ISBN　978-986-272-070-7

廣 告 回 函
北區郵政管理登記證
台北廣字第000791號
郵資已付，免貼郵票

104台北市民生東路二段 141 號 2 樓

英屬蓋曼群島商家庭傳媒股份有限公司　城邦分公司

請沿虛線對摺，謝謝！

書號：BX4186	書名：這一刻，寂寞走了。	編碼：

請於此處用膠水黏貼

讀者回函卡

讓雪倫成為你的好麻吉！請填妥以下資料，於2011年12月31日前（以郵戳為憑，影印無效），寄回商周出版，即有機會獲得 GOMAJI 團購網「麻吉現金抵用券」100元（限量30名）。贈獎名單將於2012年1月10日同步公布於商周網路小說部落格及Facebook粉絲團，敬請把握機會！

姓名：________________ 性別：□男 □女

生日：西元________年________月________日

地址：________________

聯絡電話：________________ 傳真：________________

E-mail：________________

學歷：□1.小學 □2.國中 □3.高中 □4.大專 □5.研究所以上

職業：□1.學生 □2.軍公教 □3.服務 □4.金融 □5.製造 □6.資訊

□7.傳播 □8.自由業 □9.農漁牧 □10.家管 □11.退休

□12.其他________________

您從何種方式得知本書消息？

□1.書店 □2.網路 □3.報紙 □4.雜誌 □5.廣播 □6.電視

□7.親友推薦 □8.其他________________

您通常以何種方式購書？

□1.書店 □2.網路 □3.傳真訂購 □4.郵局劃撥 □5.其他________

您喜歡閱讀哪些類別的書籍？

□1.財經商業 □2.自然科學 □3.歷史 □4.法律 □5.文學

□6.休閒旅遊 □7.小說 □8.人物傳記 □9.生活、勵志 □10.其他

對我們的建議：________________

____

____

____

請於此處用膠水黏貼